聖家族教会《サグラダ・ファミリア》

せと　たづ

影書房

目次

ほがらか川　五
ガラス雛　七
雪が降る日　四四
ほがらか川　六五

頌歌　北上川　一〇七

聖家族教会《サグラダ・ファミリア》　一一九
夏の星座　一二一
沼　一六八
聖家族教会《サグラダ・ファミリア》　二〇七

カバー装画＝著者

ほがらか川

ガラス雛

　強い日射しの中、木々の緑が燃えていた。

　季節は七月から八月に移ろうとしていた。

　パン一切れを紅茶でやっと飲み下すと、ハルカは早々に机に向かい、台詞のいくつかを変えた方がいいかもしれないと、秋の文化祭で使う脚本を眺め回していた。

　明日の朝までに決めなければならない。彼女が顧問をしている中学校の演劇部は、明日の午後から夏休み中、集中的に五日間の練習日を予定していた。二学期に入ったら立稽古。運動会の練習と並行するので、明日からが貴重な五日間だった。

　この脚本の原作はアメリカの作家レイ・ブラッドベリの短編「二階の下宿人」。吸血鬼と人間の少年との対決という仕立てのＳＦで登場人物はたったの数人だけ。しかし、演劇部員全部とはいかないまでも、せめて三年生だけは一人残らずステージの上に立たせてやりたかった。それで、原作にはない人物や場面を創り出した。元々が上質のファンタジーだったので原作者の哲学を壊さないよう気を遣った。それなりの苦労はあったけれど、楽しい作業だったし、思ったより早く脚本は出来上がって、印刷してキャストも決まり、いざ読み合わせに入ってみると、やはり、気に入らない所が出てきてしまったのだ。

「少し、変えたい所があるんだけれど、時間をちょうだい。先生の宿題ね」

そう言って解散したのが四日前。その直後からハルカには夏風邪の症状が出てきてしまって、特に昨日からのこの体のだるさは何だろう。今も体温計を取りにいこうとしたが、眩暈がして座りこんでしまった。ぼうっとした頭の中でいろいろな場面や会話がぐるぐると動き回っている。

……玄関の方でベルの音がする。少年ダグラスが飛び出していく。妹シンシアも銀の鈴がついた大きな熊の縫いぐるみを引きずりながら追いかける。

ダグラス（声のみ）あっ、おっきな麦わら帽子だなあ。顔が見えないやあ。

シンシア（声のみ）見えないやあ。

居間に座ったままの長女エミリーは読んでいた本から顔を上げ、ちょっと顔を顰《しか》める。

やんちゃな弟たちの無作法を咎《とが》める様子。顔に掛かった巻き毛を大人っぽく掻き上げる……

ダグラス坊やが主人公。原作に姉や妹は出てこない。お姉ちゃんや妹が出てきたのは無意識のうちにハルカの中で、我が家の状況が反映していたのかもしれない。長女エミリーはソヨギ姉ちゃん、ダグラスはタモツ兄ちゃんだとすると、シンシアはわたしということになるけれど、シンシアの出番はあまりないんだなあ。でも、「あんたは男の子に生まれればよかったかもしれないね」と、母さんによく言われた。あれはどういう意味だったんだろう。確かめておけばよかった。今更どうにもならない。とりとめのない事を考えているうちに、だるくて、どうしようもなくて、畳の上にごろりと横になってしまった。

幻のように母が現れた。それは幻なんかじゃなくて、実在そのもののように感じられた。和服に白い割烹着《かっぽうぎ》姿で働いていた。右手に柄の短い箒《ほうき》、左手に塵取りを持って部屋の隅のごみを掃除している。さっきまで何もなかった所だ。でも、今はもやもやと綿ぼこりのようなものが見えるから不思議だ。

「ありがとう。そこ気になっていても、体が動かない」

心の中で話しかける。そのうち、とろとろと眠ってしまった。

次に目を覚ました時、もう母はいなかった。ふらふら感は少し残っていたが、気分はだいぶよくなっていた。ゆっくりと起き上がり、冷蔵庫からオレンジジュースを出して飲んだ。生き返ったように爽やかになった。また来てくれたんだ。さっきまで確かにいたと思われる懐かしい母の波動の余韻に浸って、幸せな気分だ。

母は実際には四年前に亡くなっていた。でも、あの世とこの世は普通考えられているほど離れてはいないらしい。何かの折りに、母はハルカの意識の中に、まるで啓示のようにふっと現れる。声は聞いていないが、話しかけると頷いたりする。今日のようにハルカが病気になりかけた時、または、父の体調が思わしくない時、母は姿を見せてくれる。ある時からそれに気が付き、ハルカは自分の方から話しかけるようになった。

「今度は何なの、お母さん」

気を付けてはいても、その頃にはすでに若い頃の病気のせいで片方しか動かない父の肺に水が溜まって、終いには入院ということになったりもする。そういう繰り返しだった。でも気を付けて上げてねという母のメッセージなのは確かだ。ハルカの波動と母のそれが似ていて、この宇宙の中の同じ波動圏に住んでいるのではないかとさえ思われる。その証拠に父も兄も姉も、ハルカほどには母の夢を見たりはしないらしい。この際、血が繋がる、繋がらないは、まったくお構いなしのようだ。

「あんたは特別に霊感が強いのよ」

姉のソヨギが言う。

「そんなことない。絶対にない」

ハルカはむきになって否定する。他の人には見えない変なものが見えたり聞こえたりしたら怖いに決まっている。わたしはそんな能力なんか欲しくない。本人が欲しくないものは与えられるはずがない。そう信じたい。

でも、あれは別だった。昔、ハルカには好きな人がいた。大学の二年先輩で、彼のお父さんはハルカの中学校の時の恩師だった。彼は大学卒業後、東京に就職していたが、間もなく遅れて給料を貰うようになった彼女が美術展を見たり、音楽会を聴きにいったりするために上京すると、ほとんどの場合付き合ってくれた。笑顔がとびっきりよくて、全体が透明な感じのする人だった。ハルカは彼が大好きで、彼とだったら将来結婚してもいいかなと思いはじめた頃、彼は病気であっという間に亡くなってしまった。その日、彼が病気になっていたことも知らないでいたハルカは、勤務先の田舎の中学校の校庭に立って、散りはじめた桜の花をぼうっと眺めていた。突然、何の前触れもなく起こった強風に、花吹雪の大きな渦巻きが出来て、その巨大な渦の真ん中に吸い込まれてしまったハルカは、一瞬、足が地から離れて宙に浮いてしまったような感じがした。

「ああ、なんといい匂いなんだろう!」

うっとりして、思わず目を瞑《つぶ》ってしまった。思えばその時刻に彼は息を引き取ったらしかった。ハルカは、あれは彼が時空を超えて会いにきてくれたのだと信じて疑わない。

反対に母とは期限付きの訣《わか》れだった。肝心の本人が知らないだけだった。いや、本当は知っていたのかもしれない。

考えてみれば、五十代後半から六十代にかけて、母はアキレス腱を切ったり、腸炎や腎盂炎を患ったりして、けっこう医師の世話になっていた。でも、母がずっと年上の父よりも先に他界するなどとは家族全員、だれ一人として考えたこともなかった。

母のあの病気が発病したのはいつのことか正確には分からない。あの病気は体内で何年も前から用意されていて、病気となって外へ出てくるきっかけを待っているのだと現在の医学では言っている。でも、だれも、本人でさえもそれに気が付かないのだ。

前の年の五月にハルカの両親はお揃いで京都へ旅行した。何十年も前に父が卒業した大学は名古屋にあったそうで、その同期会が断続的に半世紀以上も続いていた。ところが、全員が年を重ねて、中には病臥中の人、さらには物故者も増えて、参加できるのはごく僅か。その為、今回で最終回にしよう。ついては、伴侶でもいいし、家族で来られる人の一人か二人はどうぞということになったらしい。たしかに、前回の集まりの写真に写っていたのは、たったの十数人。淋しいものだった。今回は京都が会場になった。父に誘われ、初めのうちは気が乗らなかった母も、家族たちに勧められて行くことになった。いざ決まると、「京都なんて女学校の時以来だねえ」と言いながら、うれしそうに出掛けていった。

四日間の旅から帰ってきた時、母はとても疲れているようだった。若葉の季節、思いがけなく暑かったし、お腹もこわしてあまり食べられなかったらしい。一方の父はいつもと変わりなく元気そうだった。

昔から、ハルカの父は妻と外出する時、荷物など持って上げたためしがなかった。マイペースもいいとこで、自分の歩幅で一歩か二歩、先に立って歩く。背が低くて小太りの母は両手に荷物を下げ、和服姿で草履をぱたぱたさせながら小走りに夫の後を追いかけていく。たまには母の荷物を持って上げてと子どもたちに言われても、父のこの態度はいっこうに改まらない。それこそ明治男の気概だ（?）と言わんばかりに、長身の背中を少し丸めながらも、スーツをびしっと着こなし、ソフトを被《かぶ》ってすたすたと歩いていく。服装についても固定観念があって、例えば、近所のポストに手紙を出しにいく時でも、ちょっと家族が目を離すとワイシャツに着替え、ネクタイを締めようとする。それでいて、その恰好のまま「角の店に売ってたよ」とか言って、「懐かしい、懐かしい」と味噌漬けの大根の、汁が茶色に透けて見える裸のままのビニール袋をぶら下げて帰ってきたりする。

この少々調子の外れた父と、極めて常識的な母とがペアを組んで四十数年間、大きな喧嘩もせずに過ごしてきたのだから、案外、うまが合っていたのかもしれない。

京都から帰ってきて間もなく、母は背中や腰が痛いと言い出し、整形外科に通いだした。どこか内臓が悪いのではないかと、胃や腸の検査も受けたが、異常はなかった。そうこうしているうちに痛みは激しさを増し、夜、眠れなくなった。

「お父さんて幸せな人だよ。お便所に起きても、一分もしないうちに鼾《いびき》が聞こえてくるんだから、羨ましいね」

二、三日会わないでいると、母はどんどんやつれていく。とうとう兄と相談して、ハルカは母を両親がずっと世話になっていたI内科医院に入院させてもらった。そして、エコーとかいう写真で胆嚢に溜まった石が見つかった。手術をして取り除くために、別の大病院に転院させてもらった。夜は痛み止めの座薬を入れてもらい、久し振りによく眠れたと母はとても機嫌がよかった。少し待って、手術の日取りも決まった。思えば、紫陽花が咲く頃からずっと痛みと不安で眠れなかった母。コスモスが咲く頃になって、やっと暗いトンネルから抜け出せることになった。

手術日の前日からは金沢に嫁いでいる長女のソヨギも帰ってきて、病院と父の家とを往復することになり、母はますますうれしそうだった。三人の子どもたちを分け隔てなく平等にかわいがってくれていた母も、長女で、よく気が付くソヨギを特に頼りにしていたのは、ハルカも知っていた。

ソヨギが五歳、タモツが四歳、ハルカが三歳の時に実母が死んだ。ハルカはまだ本当に幼かったので、実の母の記憶がほとんどない。ただ、「猫のごはん」のことは微かに憶えている。というよりか、後になって誰かに教えてもらったのを、さも、自分の記憶のように錯覚してしまったのかもしれない。

ハルカは赤ん坊の頃からよく食べる子どもだったらしい。夜更けにお腹が空いたと大声で泣くので、実母は寝巻きの上に半纏を羽織って起きて、お櫃《ひつ》からご飯を茶碗によそって、焼いた塩鮭の残りを箸で細かくほぐして、ご飯の上にまぶして食べさせてくれたらしい。

それが、「猫のごはん」。それでいて、三口か四口、口に入れてもらうと、もう満足してハルカはだんだん眠くなってきて、そのままごろんと横になって、後は白河夜船。でも、この話には真実味がある。今でもハルカの好物の筆頭に上げられるのは鮭おにぎりなのだ。皮がちょっと焦げたくらいの鮭が入っていて、人の手でふわっと軽く握ったおにぎり。海苔が巻いてあれば上等。お茶の他には何もいらない。

もう一つ、その母と結びついているのは、どういう訳か、だあれもいない座敷、床の間の上で葬儀用の大きな蓮華の飾り物が、電灯の光に照らされて金色に光っているという不思議な光景だった。

母の死後、三人の子どもたちは一時、長野の父の実家に預けられたらしい。日清戦争で傷痍軍人になった祖父はその後、旧制中学の教師になり、厳格な人だったらしいが、ハルカは可愛がられた記憶がある。祖母も優しかったし、若い叔父も叔母も三人を可愛がってくれた。でも、姉は大人になりかけていたので、人知れず寂しさを感じていたようだ。

これは姉が語ってくれたことだが、勤めの関係で函館の家に一人残っていた父から、おもちゃの小包みが届いたことがあった。姉は祖父の家の玄関脇の座敷にいて、出窓に腰掛けてハーモニカをでたらめに吹いていたが、とてもやるせなくて、たそがれの空の色や、庭の笹竹が風にそよぐ葉ずれの微かな音などを鮮明に覚えているというのだ。

「その時、わたしもいた？」

「いたと思うよ」

「何してた？」

「シロフォンを叩いていたような気がする」

「お兄ちゃんもいた？」

「タモッちゃんは分からない。あの子は外でいたずらばかりしていたから……」

後年、ハルカが国語の教師になって、万葉集の中の和歌を何首か生徒に教えていた時、大伴家持の晩年の歌と、この姉に聞いた情景とがぴったりと重なってしまったのだ。

わが宿のいささ群竹《むらたけ》吹く風の音のかそけきこの夕べかも

「隣の家にブンちゃんて子がいてね。おばあちゃんの家の前の塀の下から逆さになってこっちを覗いているんだよ。おばあちゃんがその子を呼んで、わたしたちと一緒にお八つを食べさせたり絵本を見合ったりしてたの、あんた憶えてる？」

その子の顔は思い出せないが、しっかりした厚手の紙で大判の「キンダーブック」という美しい絵本は憶えている。裏表紙一面に、二両か三両連結されたトロッコの絵があって、大勢の野菜や果物のお客さんが乗っていた。それをみんなで覗いていたら、まだ若かった叔父の一人が通りすがりに屈みこんで、ひときわ丸い顔をしたジャガイモの坊やを指さして、

「ブンちゃんは、これだね」

と、言って、隣の子を怒らせてしまった。その子はそれっきり現れなくなってしまったという。その叔父は次男坊で自由奔放。一旗あげようと、その後中国大陸へ渡ったり、山師のような暮らしが性に合っていたらしいが、姪や甥を可愛がってくれた。いつか、英語を教えてくれると言って、二階は「シタヨリタカイ」と言うんだよと真顔で教えてくれた。子どもたちは何年もの間、そう信じ込んでいたのだ。

その頃のハルカの兄は癇癪もち。姉と妹に挟まれて、溜まった鬱憤を晴らしたかったのか、小さな洋ばさみで何でもかんでも切り刻む悪戯をしていた。裏庭のゴミ箱から這い出してきたワラジムシを捕まえて切ろうとしたので、姉が祖母に注進に及んだ。いつもは優しい祖母もその時は血相を変えて叱った。

「そんな殺生なことをしたら、天狗が下りてきて山奥へ連れていかれちまうよ」

祖母の言葉が終わるか終わらないうちに、わきの裏木戸ががらりと開いて、眼帯をした若い男が突然入ってきた。

「その人、いきなり、あんたを抱っこしたのよ。憶えてる？」

「えっ、憶えてないよ、そんなこと」

「わたしも、タモッちゃんも頭撫でてもらったよ」

祖母も吃驚していたそうだから、近所の人ではないらしい。タモツの悪戯はその後しばらく治まり、家に男の来客があると、恐ろしさと好奇心で柱の陰からそっと覗き見をしていたらしい。


二番目の母が嫁入ってきたのは、そういう時の秋たけなわの頃で、庭に色とりどりの菊の花が咲いていた。祖父母の家の玄関に花嫁は母親に手を引かれて入ってきた。タクシーの運転手が荷物を上がりがまちに置いたが、その中には深緑色の女持ちのトランクもあって、後年、ハルカはその大好きな色のトランクを母から貰って貴重な本やノート類を詰め、地方の中学校に赴任していった。嫁入りの時、母は黒い裾模様の着物に洋髪で、布製のオレンジの花に白い鳥の羽をあしらった髪飾りをつけていた。それは写真でも確かだったし、この髪飾りは長い間、座敷の桐の箪笥の上の開きに仕舞ってあって、母が留守の時など、その前に踏み台を持っていって、ハルカは溜め息まじりにそれを持ち出し、飽かず眺めたこともあった。あの開きの中には、ハルカが七五三の時に着けた子供用の筥迫《はこせこ》も仕舞ってあった。

長野から函館に戻って、親子五人の生活が始まったが、その頃のハルカはよく熱を出し、医師から「この子は腺病質なので、入院させなさい」と言われたそうだが、両親は断ったらしい。栄養をつけさせようと、新しい母が煮てくれた貴重な百合根をどうしても食べられなかった記憶がある。

子どもながら辛い時期もあったが、小学生になり、成長と共に、ハルカはしだいに丈夫になっていった。

やがて、戦争が激しくなり、そして敗戦。女学校二年の時、父の転勤で津軽海峡を渡って一家は内地へ引っ越してきた。

あの戦争を挟んだ数年間、物が不足した時代に、母は工夫を重ねて食べ物を調達してくれたし、衣服にも不自由しなかった。ハルカが入学試験を受けた女学校は口頭試問が二日間にも及び、小学校の担任はとても神経質になって、当日の服装で予行練習をさせられた。

ハルカの洋服は姉のお下がりなどでなく、母が自分のローズ色のウールで出来た和服用のコートを潰して子ども用のワンピースに仕立て直してくれた。母は、料理も裁縫も上手だった。海軍少将だった父親が病死して、経済的に困ったので、弟たちの学費を援助してもらうことを条件に、母は一年間だけ女学校を休学して、親戚の華族の家で働いたらしい。

「いろいろ教えてもらったよ。今では感謝している」

と、話してくれたことがある。


五年前、十月半ばになって、母の胆石を取る手術の日取りがやっと決まった。その朝、家族全員が母の病室に集まった。父はTさんという三十代のベテランの付き添いさんを頼んだ。母の親友の佐竹アキさんが、まっさらの晒し木綿にその朝早く起きて写経した般若心経を手術室に向かう母の手に握らせてくれた。みんな緊張はしていたが、それまで母はずっと落ち込んでいたのに、周りではどうして上げることも出来ないでいたので、一様に何かほっとしたような気分になっていた。

手術に要した時間もみんながあっけにとられる程短くて、次の患者さんの手術がすんだら医師から説明があるという。夕方が近付いていたので、アキさんにはご主人が待っているお宅へ帰ってもらって、家族だけで待った。

看護師に呼ばれて主治医のY先生の許に集まった。短時間で手術がすんだことで、みんな安堵し、明るいムードになっていた。だが、Y先生は沈痛な表情で、

「残念なことに……」

と、切り出した。

「残念なことに、胆嚢に出来ていた癌が転移して、胆道から膵臓へと広がっていました」

初め、事態が呑み込めなくて、家族の誰もがぽかんとしていた。医師の説明によると、もう、胆嚢の石を取るとか取らないの段階でなく、余分な血液を流して患者を衰弱させる訳にはいかないので、スタッフと協議して、そのまま閉じてしまったのだそうだ。

四方の壁が鉄で出来た狭い部屋に閉じ込められたような気がした。息がつけない。苦しくて、ハルカはめちゃめちゃに大声を上げたくなった。何も考えられないのだ。

気が付くと、兄がおそるおそる聞いている。

「あと、どのくらいですか」

Y医師は、しばらく黙っていたが、ぽつりと言った。

「一年……ですね」

母は、まだ麻酔で眠っていた。兄とTさんが残ることになり、後の者はいったん父の家に戻ることにした。

西の空に微かに赤みが残っていた。大きな病院のいくつもの部屋の窓から明りが漏れていた。そこには、きっと、それなりの落ち着きと幸せがあるに違いなかった。

玄関を出た所で父が躓きそうになり、ハルカが慌てて支えた。

「俺が代わってやりたいなあ」

父が悲しそうに言った。

植え込みの陰に消えた姉の号泣が聞こえてきた。

「ねえ、ずっと入院してたんでしょ。どうして見付けてくれなかったのかしら」

姉は激しく食ってかかる。家族のみんなの心に悲しみと絶望感が際限もなく広がり、やり場のない憤りの矛先は父の知り合いで、両親が何年も前から世話になっていた町医者のI医師に向けられる。でも、ハルカは知っている。とても親切で、優しい先生なのだ。たまに母は腎盂炎に罹り、兄が忙しい時はハルカが知らせを受け、タクシーに同乗して母をI先生の所へ連れていく。夜遅い時でも医院は裏口を開けて待っていてくれたし、スタッフのみなさんもよくしてくれた。後で分かったことだが、胆嚢は胃の裏側になっていて、病変が見つかりにくいのだそうだ。母が、毎年、胃の検査ばかりしていたのをハルカは思い出した。

「癌だと分かったら、母さん自殺しちゃうよ」

姉は涙を流しながら主張する。だから、病名は絶対に知らせるべきではないと言うのだ。確かに、がまん強い反面、母には意外に脆いところがある。とうとう、母の生きようとする意志を大切にしようということになって、病名を伏せて看病することになった。病院や付き添いのTさん、親友のアキさんにも協力してもらった。どこから洩れるかも分からないので見舞客も断り、母の実家や親戚にも知らせなかった。今思えば、かなり強引で異常なやり方だったかもしれないが、あの時はみんな混乱していて、それ以外の手段は誰も思い付かなかった。ただ一人、アキさんだけが一日おきくらいに見舞ってくれて、病人の話し相手になってくれていた。

自分を悩ました胆嚢の石は取り除かれたと母は信じて疑わない。ハルカは何度も同じ事を訊かれた。

「石、見せてもらった?」

「うん、見せてもらったよ」

「いくつだった？」

「一個だけ。でも大きかった。だからあんなに痛かったんだね」

「どのくらい大きかった？」

「このくらい」

親指と人差し指で丸を作ってみせる。母の目は大きくて、その黒い澄んだ目でじっと見つめられると、昔、ハルカは母の前で絶対に嘘をつけなかったことを思い出して胸が潰れそうだ。

「あのね、お母さん、年を取ってからの手術は半月からひと月は痛みが残るそうだよ」

「ふうん、ひと月ねえ」

「長いねえ、いやになるねえ。頑張らなくちゃね」

ひと月たって、痛みを訴えられたらどうしようなどと考える余裕はない。

「背中が痛いんだ、とっても。ちょっと、手、入れてくれる？」

ベッドと母の体の間にハルカは両の掌を差し込む。母の背中は柔らかくて温かい。

あれは、母が最初で最後のつわりに悩まされていた時だったと思う。寝込む毎日が続いていた。その頃、まだ独身で身軽だった父の妹が長野から手伝いにきてくれた。そんなある日、幼いハルカは大泣きしていた。何が悲しいのか自分でも訳がわからず、ただもう悲しくて悲しくて泣きじゃくっていた。若い叔母が癇癪を起こし、かといって親の手前、大声を上げる訳にもゆかず、全身こちらを向いて、もの凄い形相でハルカを睨みつけていたが、ハルカの胸に溜まった悲しみは大粒の涙となって溢れ出し、とどまるところを知らない。布団の上に起き上がった母は黙って娘の様子を見ていたが、やがて手招きした。そして、ハルカが泣き止むまでしっかりと抱きしめていてくれた。

その時の事を思い出す度に、大人になった今でも、ハルカは熱い涙が溢れてくる。

結局、流産した母にはその後二度と子どもができなかった。

母が重い癌に罹っている事を知った佐竹アキさんは、ハルカに、ある行《ぎょう》をするように勧めた。今の母の体の中にあるしこりはソヨギやタモツやハルカを遺して若くして亡くなった、前の母の悲しい想いが凝り固まったものかもしれない。明日から朝一番の水を汲んで、庭の木の枝に静かに注ぎ、供養しなさいというものだった。盃一杯の量の水を、同じ木の、同じ小枝にかけて流すのがきまりで、それを四十九日間続けなければならないのだ。早起きが苦手のハルカは、それでも努力して十日ぐらいはやった。そのうち、どうもおかしいと疑問を持ちはじめた。私たちの生みの母は今の母に感謝こそすれ、決して障ったりするはずはないのだ。それに、娘の私をこんなに悲しませるはずもないのだ。アキさんには悪かったけれど、ハルカは黙って、その早起きを止めてしまった。世の中にはこういう類の民間信仰のようなもので心の安寧を保っている人が多いのかもしれない。でも、ハルカは今だって、あの行を止めてしまった事を後悔はしていない。

手術後三日目ぐらいから、シロップと称する甘い水薬を小さな盃に入れたものを看護師が持ってくる。それは時間が決まっていた。Tさんが受け取って、なだめながら病人に飲ませる。しばらくの間は母も治りたい一心で、文句も言わずに何でも素直に従った。婦長さんが見舞って声を掛けてくれる。

「おばあちゃん、暖かくなるまで、ここにいていいのよ。ゆっくり養生してね」

すると、母は、

「この病院は親切だねえ」

と、おおいに感激するのだった。

ほとんど毎日、ハルカは勤務が終わると母の病室に寄った。土曜日の午後は「散歩」をする。点滴が一段落して、気分がよさそうだと見てとると、尿の導管をつけたままの母を車椅子に乗せ、Tさんと二人がかりで病院内をゆっくり一回りしてくる。毛糸の膝掛けでしっかりと下半身を包み、寝巻きの上に重ねているのはアキさんが贈ってくれた綿入れの半纏だった。

晴れやかな秋日和、ハルカは病院の玄関のガラスのドアを開けて、母に戸外の空気を吸わせて上げたいという衝動に駆られる。でも、風邪を引かせては大変だから一度も実行しなかった。病院の前庭に散歩道が造られていて、銀杏の並木が黄金色に輝いていたし、所々に立っている楓の緋色が泣きたいほど鮮やかだった。こんなにきれいな日本の真っ盛りの秋を心ゆくまで母に見せて上げたい。間もなく母はこの地上を去って、あの青い空へ限りなく上昇していくのだから。

白髪にはなっていたが、年の割には母の髪の量は豊かだった。車椅子を押しながら、ハルカは切なくて、「お母さん、お母さん、お母さん」と母の背中に向かって、何度心の中で叫んだことだろう。母の嫌なところは全部忘れてしまった。よく二人で口論した事も。女は結婚して子どもを育てて、初めて幸せになれるんだと固く信じている母が鬱陶しくて、ハルカは一人住まいを始めたのだ。その事に後悔はない。ただ、こうなってみると、チクリと胸に刺さることが一つだけある。何年も前にハルカは姉の反対を押し切って、生みの母の実家を訪ねていったことがあった。ハルカの家には以前から実母の写真が一枚もなかった。父方のあの叔母が一括して預かっていてくれたのを知って、ハルカのたっての願いで返してもらった。実母が二十四歳で亡くなり、父は、長野の善光寺の近くの禅宗の寺に墓を造った。祖父母もそこに眠っている。何度か一家でお参りには行っている。でも、実母の記憶が「猫のごはん」と、お葬式の飾りの蓮の葉だけというのは口惜しかった。姉も兄もおぼろげながら生みの母の顔を憶えているらしかった。長野の松代という真田家の古い城下町に、その母の兄にあたる伯父夫婦がいて、ハルカを涙を流しながら迎えてくれた。

教育者だった伯父は遠慮して、

「ご両親には話してきたんだろうね」

と、言った。

「大丈夫、話してきました」

帰ってきて、すぐ律儀な姉から電話が掛かってきた。

「いくら平気そうな顔をしてても、お母さん、内心穏やかでないと思うよ」

もちろん、ハルカは誰も傷つけるつもりはなかったし、自分の心に素直に従っただけだ。最後まで、遠くに行ってしまった孫たちのことを心配していたという母方の祖父母の墓参りも出来たし、小さな時に遊んでもらったという従姉にも会えた。みんな懐かしくて温かくて、ほっとする雰囲気の人たちだった。

　吃驚したのは、実母は四人兄弟の末っ子で、ずいぶんと可愛がられ、今年八十五になるという一番上の姉さんが、眉毛の薄いところなど、ハルカの兄にそっくりだったことだ。実家に残っていた、母が少女時代に描いたという、墨で輪郭を取り、水彩絵の具で色付けした色紙を二枚貰ってきたので、萩の枝に赤とんぼが止まろうとしている一枚を兄に上げた。ハルカ自身は黄色い菊の花に蜜蜂が羽を震わせながら近付いているのを、さっそく額に入れて飾った。色紙の隅に小さく署名が入り、その下には朱墨で楕円を描き、中に旧姓が記されていた。落款の真似事らしくて何かほほえましかった。


　子どものための療養所に勤めている兄の奥さんは、忙しい中、何種類もの野菜を何時間もかけてスープにして病院へ届けてくれる。が、病気が重くなった母は申し訳程度しか口に入れてくれない。姉が運んだ食べ物もそうだった。無理に口に入れると、全部吐き出してしまうのだった。

　十一月の末に母はベッドの上で七十歳の誕生日を迎えた。義姉が見立ててくれた黒皮の上等なハンドバッグを家族みんなでプレゼントした。兄が目をぱちぱちさせながら言う。

「来年は着物だね。そのハンドバッグに合った、いいのにするからね」

姉のソヨギは唇をしっかりと結び、無表情を装っている。

「奥さん、退院まで待てなかったら、散歩の時、膝に乗せていきましょ」

Tさんは冗談があまりうまくない。

母は黙って、それでも、さすがにうれしそうにバッグを両手で撫で回していたが、ぽつりと言った。

「これ、高かったんだろう」

その頃、ハルカは、母が散歩の行き帰りに自分の個室の近くでは顔を伏せてしまうことに気付いていた。入り口に掲げられている母の名札が、重症患者を示す赤い札に変わっていたのだ。そんな風で、散歩も止めてしまった。

母を円陣の真ん中に据え、家族みんなが周囲を固めて濃密な時を過ごしたこの二、三か月のことは忘れがたい。だが、その間にも時間はどんどんなくなっていき、別れが確実に近付いてくるのを誰もが痛いほど感じていながら、それを受容する心の準備はまったく出来ていなかった。

ある日、父が街の書店で丸山ワクチンの本を見つけてきた。母があいう病気に罹らなかったら、ハルカはこういうものが世の中にあるということさえ一生知らないで過ごしたかもしれない。父はすっかり興奮してしまった。

「母さんは、これで助かるぞ」

それは一日おきに打つ皮下注射で、痛くも痒くもない。ただ、国に認可されていないし、普通の病院で使っている抗癌剤をすべて止めてしまってからでないと効果がないので、それを使用したいと希望する患者側と病院側とで、よくトラブルが起きるのだそうだ。ためしに、タモツが主治医のY医師に伺いを立てると言下に断られてしまった。強いてというなら、別の病院を探さなければならない。父と姉は乗り気だった。兄とハルカは、今の環境に馴れて、精神的に安定している母の状況を変えることはうまくないと考えた。

毎日のように見舞いをしてくれるようになっていた佐竹アキさんが言った。

「ここは、お父さんの希望を叶えて上げるべきよ。お父さんの奥さんだもの」

兄がY先生に再度交渉して、東京のN大学でそのワクチンを購入するために必要な書類に書き込んで、署名してもらうまでに漕ぎつけた。それからみなで手分けして、母にワクチンを打ってくれそうな病院を探して歩いたが、全部断られ、最後に振り出しに戻って、あのI先生のところへ父と姉が頼みにいった。十数年来の患者の重病を見つけられなかったという心の痛みからか、それとも純粋に同情してくれたのか、老院長は息子の副院長の反対を押し切って、母の再入院を認めてくれた。

「これは、持久戦になるね。わたし、いっぺん帰ってくるわ。すぐ戻ってくるからね」

姉は、北陸金沢のわりに大きな工芸品店のおかみさんだった。夫と息子二人、そして孫もいたし、お姑さんもいい人だった。でも、古い城下町の師走から新年にかけては、それなりの伝統やしきたりもあるはずだった。お姑さんもまだ元気だったし、お嫁さんにもいろいろお願いしてくると言って帰っていった。

母がI医院に転院した翌日、兄とハルカは若先生に呼ばれた。母の容態は医学的に見て、想像していたよりずっと悪くなっていた。もって、あと一か月か二か月。

「手術の直後から麻薬を使っていたようだね」

あのシロップというのが痛み止めだったのかと、初めて分かった。

さっそく、丸山ワクチンの注射が始まったが、母の場合は、一時的に食欲が僅かに戻っただけだった。

新年が近付いていた。兄が骨を折ってくれて、母は一日だけ外泊を許された。大晦日の昼過ぎ、ベッド付きのタクシーで、母はほぼ四か月ぶりに自分の家に戻ってきた。痛みが出そうになると、義姉が医師から預かってきた痛み止めの注射をした。座敷のベッドの枕を少し高くしてもらって、母はみんなが食事する様子を本当にうれしそうに眺めていた。

早目の晩餐がおわると、姉は座敷の床の間にダンボール箱を逆さにして、赤い布を被せ、ガラス製の小さな雛人形を飾りはじめた。その一つ一つが掌にちょこんと載るくらいの大きさしかなかったが、対になった内裏雛、三人官女、右大臣、左大臣、五人囃子、それに三人の衛士たちなどと全部そろっていた。母に見せようと、わざわざ金沢から持ってきたのだ。

「きれい、きれい」

みんな歓声を上げげた。兄の二人の娘たちが、膝をきちんと揃え、上半身を乗り出して、目を皿のようにして見つめている。姉が言った。

「触っていいわよ」

「ほんと?」

「そうっとだよ」

タモツが言う。

「うん」

「おばあちゃんに触らせて上げて」

タモツの長女が三人官女の真ん中の、立っているお雛様をそっと抓《つま》み、母に持たせようとした。

「いいよ、いいよ。壊すと大変だから、そこに置きなさい」

母は首を左へ捻じ曲げて、床の間の方に目を凝らしている。

「あっ、おばあちゃんの目、まっ黄色！」

小さな方の姪が驚きの声を上げた。母に聞こえないはずはなかった。みんなどうしようもなく顔を見合わせた。

「あっ、このお雛様、とっくりまで持ってるよ」

母の代わりに官女の人形を受け取って、ハルカは少し大きな声で言う。

姉も言う。

「とっくりとは言わないよ」

「うん、瓶子《へいし》だね」

ハルカは言い直した。

その母の黄疸は間もなく全身に広がり、足の爪先まで染まった。そして、とろとろと眠っている時間が多くなった。「痛い、痛い」という声も前ほどの迫力がなくなって、みんなを悲しませた。

一月の半ばになると血液の濃度が正常値の二分の一になって、二度、三度と輸血をしてもらった。Tさんだけに任せては置けないので、ハルカと兄は一晩ずつ交代で病室に泊まった。姉は父にぴったりとついている役だった。父はほとんど毎日、病室に姿を見せたが、憔悴ぶりがひどくて、二階まで階段を上がるのに、途中、何度も休んだ。ハルカが医師に呼ばれて、この分だと、いつ大出血が起きて意識不明になるか分からないから、会わせたい人がいたら呼びなさいと告げられ、病室に戻る前にトイレに回り、瞼が腫れるほど泣いてきた。

佐竹アキさんに、母は、

「家族たちは、誰も本当のことを言ってくれない」

と、訴えたそうだが、母は夫や子どもたちを問い詰めたことは一度もなかった。

アキさんは毎日来て、母の手を握りながらお経を読んでいてくれた。

真夜中、母はふと目を覚まし、思いがけないほどはっきりした口調で、ハルカに呼びかける。

「お姉ちゃん、もう家へ帰ろうよ」

どうやら、ソヨギと混同しているらしい。

「うん、帰ろうね。お母さん、くたびれたでしょ。タモッちゃんに車で迎えにきてもらうからね」

「うん、ほんとだよ」

そして、安心したようにうとうとと眠り出すのだ。

これは姉に聞いた話で、ハルカにも微かな記憶があるのだが、太平洋戦争の末期のことだった。函館の国民学校でも空襲に備えて学童疎開というのが始まって、タモツはまるで遠足にでも行くつもりで、希望者の方に勢いよく手を挙げてしまったらしい。

郊外の湯の川温泉から、さらに何キロも山奥の小学校の分校に合宿している長男に会うために、母はソヨギとハルカを連れて片道四時間も歩いていったことがあった。食糧の配給も滞りがちな中、とっておきの砂糖と小豆と黍《きび》の粉で饅頭を作って、重箱に詰めていった。兄はすこぶる元気で、夜は教室の木の床にめいめいが家から持ってきた布団を敷いて寝るのだが、親友の大越君が一時帰宅の時に自分の布団を背負って帰り、それ以来、兄の布団に潜り込んでくる。煎り豆を食べた日など、プップッとおならをして臭くてしょうがないや、などと母や姉を笑わせた。帰り道、何度も俄か雨が降った。ハルカもずぶ濡れになって、何回も滑って転んだ。だが、我慢して泣かなかったのを憶えている。学校の配給で姉が籤《くじ》引きで当てたゴムの粗末な短靴を母が穿《は》いていたらしく、雨水が靴の中に入って、母の素足がガバゴボと鳴っていたのが、まだ耳の底に残っている。あの薄墨を流したように暗い林の奥に続いていた細くて曲がりくねった険しい道。

でも、あの時は三人一緒だった。今は違う。母は一人ぼっちで、あの様な淋しい道を辿っているのだ。そんな風に思えてならなかった。

また、ある晩は、「寒い、寒い」と言いながら目を覚ます。夢の中で、隣の家に遊びにいったのに、奥さんはストーブを焚いてくれないのだそうだ。母は、「ああ、ひどかった」と深い深い溜め息をつく。体温計は三十六度二分、被せている電気毛布の目盛りはかなり高いのだが、母の体の感覚は麻痺してしまったようだ。

そんな中でも、

「お父さんの寝床、敷いてくれた？」

などと心配する。

「うん、大丈夫。姉ちゃんが側についてて、しっかり面倒みてるよ」

「うん」

と、うなずいて目を瞑る。

次にハルカが目を覚ましたとき、母はさめざめと泣いていた。

「どうしたの。どこか痛いの？」

「お父さん、かわいそうだ。お父さん、ひとりぼっち」

そんな時、ハルカに一体何が出来ただろう。自分も涙を流しながら母の顔を拭いて上げたり、手を握ったりして、母が泣き止むのを待つより仕方がなかった。

一月の末に、母の末の弟が千葉県の市川市から車で駆けつけてくれた。母には一目で分かったらしく、両方の目からみるみる涙が溢れ出し、咽び泣いた。叔父は無言で母の手を握り、深いお祈りをしていてくれた。叔父夫婦は長い間、真剣に祈りつづけてくれた。しばらくして、母の胸に置いてあった、小さくて四角な和紙を取ってハルカに渡し、湯沸し室で焼いてくるようにと言った。叔父は急いでやってきた父や姉や兄にも厳しい表情は見せなかったし、一言も責めたりはしなかった。夕方まで座って祈りつづけ、母が眠っている間に静かに去っていった。

二月に入り、節分、立春と過ぎていった。母は表情がとても穏やかになり、兄が背中を掻いて上げると、「ありがとう」を何度も言い、下の始末をしてくれているTさんにも「ありがとう」を連発した。兄はハルカに向かって目を潤ませながら、「お母さん、聖人になっちゃったね」と言った。

二月十日は日曜日だったので、ハルカは掃除機を掛けてから病院へ行くつもりだった。前夜、しんしんと積もった雪に日光が反射して眩しかった。そこへ病院のTさんから電話が入った。母の容態が急変したらしい。血圧が六十まで下がり、自力で呼吸するのが困難になったので、酸素マスクをかけてもらっているという。前夜泊まってくれた兄も、自分が施設長をしている職場の様子を見に戻っていった直後で、さすがに心細いのかTさんの声も上ずっていた。父と姉は、今、タクシーを呼んでいるという。

「ハルカ、雪で道が渋滞してると思うよ。バスも当てにならないから、あんたはあんたで出来るだけ早く行って！」

てきぱきした声だった。

病室の前まで来ると、母の凄い唸り声が聞こえた。もう、アキさんが到着していた。自分の車にチェーンを巻いて、この雪道を運転してきてくれたらしい。

「ハルカちゃんのとこへ回って上げればよかったね」

母の顔は黒ずんで、半開きの目から薄い血液が滲み出ていた。

「お母さん、しっかり!」

と、夢中で叫ぶと、母は聞こえたのか、

「もういい、もういい」

と、怒鳴り返してきた。きっと苦しくてたまらないのだろう。こんなに善良な人が何故?と、ハルカは胸が張り裂けそうだった。マスクの下の声なので、くぐもって、はっきりしなかったが、確かに「もういい」と聞こえたのだ。

父と姉、兄も到着した。兄の家族たちも来た。午後になると、母の声はいつの間にか聞こえなくなっていた。みんなで母の手足を夢中になってさすった。

夕方四時過ぎ、この世の汚濁をことごとく吐き出すかのように、二度ほど深く大きな呼吸をして、母は静かに旅立っていった。

脱脂綿で唇を濡らして上げる時、ハルカは、

「お母さん、長い間、苦しかったねえ」

と、言うつもりだったのだ。でも、どうしたわけか「苦しかったねえ」とは出てこなかった。代わりに口から迸りでたのは、「ありがとう」だった。

「お母さん、長い間、本当にありがとう」

そして、温かい涙がどっと溢れ、咽び泣いた。

葬儀の後、あの市川の叔父がしみじみと言った。

「姉さんは、三人の子どもたちを一生懸命育てて、いい生涯を送ったんだよ。満足だったと思うよ」

「ねえ、叔父ちゃん、人間の命って今生だけでないよね」

と、ハルカは訊く。これで終わりだったら、あっけなさすぎる。ひどすぎる。

「もちろんさ、永遠に続くんだよ」

「じゃあ、人間て、何回もやり直しがきくんだ」

叔父はにこにこと笑っているだけだった。


三月初め、ハルカ自身の誕生日の朝、目覚める前に不思議な夢を見た。母が思いっきり若くなって少女のように綾取りをしていた。相手はあのガラスのお雛様。三人官女の真ん中の、立っている人形だった。母もお雛様もほっかりと笑っている。お雛様は錦の打掛けを着て、どこか神々しい。

「えっ、ひょっとして、あなたは阿弥陀様?」

母は西方浄土に迎えてもらったのだと、その時ハルカは確信した。あの平家物語の中の建礼門院のように、母は阿弥陀如来の手に結ばれた五色の糸にいざなわれて、光り輝く世界に旅立っていったのだ。

とはいうものの、その後もハルカは事毎に母を思い出し、恋しくて、懐かしくて、涙を流しつづけた。

雪が降る日

　金沢に住んでいる姉の身の上に大変化が起こったのは母が亡くなって六年たった頃だった。姉夫婦には自慢の息子が二人いて、上は家業の工芸店を継いで既に子どももいたが、もう一人、次男の方がこの春急逝した。京都の大学で四月から東洋美術史の講座を持つその矢先のことだった。ハルカは兄夫婦と八十をとうに越した父と一緒に告別式に参列したが、悲しみに暮れている姉夫婦にどういう言葉をかけていいか分からなかった。ただの風邪ぐらいに思っていたのが、入院して急性白血病と診断され、たったの一週間で亡くなったのだから。あまりにも気を張って凄い表情になって働いているソヨギの姿を見ているだけで胸が潰れそうになった。父はずっと涙を流しつづけていた。父も大好きな孫だった。

　亡くなった甥は大学院で同級だったソウル出身のイ・ミョンファ（李明花）と前の年の

春に結婚式を挙げたばかりだった。若いミョンファの将来を考えて姉夫婦は彼女の籍を抜いて韓国に帰ってもらうことにした。その前に姉はミョンファと二人だけでヨーロッパを周ってきた。今度はいよいよ親元へ送っていく別れの旅が始まるのだが、帰りにたった一人になるのは嫌だから、あんたも行ってくれないかとハルカに声をかけてきたのである。

「ええっ？　お義兄さんも行くんじゃないの？」

「あの人は駄目。わたし一人で連れていくことにした」

どちらかといえば、ソヨギより気の弱い義兄が持ち堪えられるはずもなかった。とにかく姉はハルカが夏休みに入ったらすぐにでも実行したいようだった。

「仙台からの直行便にするわ。あんたの都合がついたら、すぐ連絡ちょうだい」

いやもおうもなかった。正直いってハルカは気が重い。別れを前提にした旅だなんて、きっと、涙、涙の連続に決まっている。それに彼女には留守にしたくないもう一つの理由があった。体が不自由な子雀を飼っていたからである。今は正直、その子のことで頭が一杯だった。

七月のある日曜日、外出先から戻ってきたハルカは下宿の近所の路上で転んで起き上がれずに脚をばたつかせている子雀を見付けた。後先のことも考えずに彼女はそれを拾ってきてしまったのだ。そっと畳の上に置くと、肩でも脱臼しているのか左の羽がきちんと畳めない。腰のあたりも妙に貧弱で、それでも不自由な体を引きずるようにしてテレビの裏側に逃げ込み、じっとこちらを窺っている。動き回らない方がいいんだけれどなあ。菓子の空き箱にキッチンペーパーを何枚も重ねて敷いて入れ、家主からインコの餌を少し貰ってきて箱の底に置いた。ためしに小指の先に水をつけて口先へ持っていくと、舐めてくれたのでうれしくてどきどきした。

たまたま実家に戻っていた同級生のミホが覗きに来て呆れ顔をした。

「野鳥って飼うのが難しいんだよ。特に雀は人になかなか馴れないって聞いたよ。どうするの」

「どうするって言われても困るけど、わたし、この子を手乗りにする気なんかないわ。助けたかっただけ。元気になったら自然に返して上げる」

「元気になるかね、この子」

額に皺を寄せて熱心に観察している。

夜は藍染めの風呂敷を被せ、枕元に置いて寝た。一晩中かたりともしなかった。

翌朝、チチッという鋭い声で目が覚めた。どうやら軒先にいる雀たちに呼びかけているらしい。意外に元気な声だったが、ハルカと目が合うと、また怯えて小さくなっている。途端にものすごい後悔の念に襲われた。よほど、庭の木の下に放してやろうかと思ったほどだった。でも、この辺には野良猫がいっぱいいる。今更そんな事は出来ない。

なんだかんだ言ってもミホはやはり親切だった。物置の中から古い鳥籠を探し出して持ってきてくれた。また、電話帳で「小鳥の病院」と言うのを見つけてくれたりした。だが、その病院のドクターには、ずばり言われた。

「この子はね、野良猫の餌になる運命だったんだよ」

ハルカが悲しそうにしていたので気の毒になったのか、完治するかどうかは保証出来ないが手術という手もあると言った。でも、複雑な手術らしい。ハルカは迷った。こんな小さな子が切られたり縫われたり、想像しただけで胸が痛んだ。結局断った。

その動物病院は有名らしくて、見るからに愛らしい毛のふさふさした猫とか犬、きれいな羽の小鳥など、患者が切れ目なしに来ていた。それに引きかえ、このチビの雀は鼠色でみすぼらしくて、とりわけ丸くて黒い目は子鼠そのものだった。

結局、ドクターには手をかけてもらえなかったが、いくつかの助言はしてもらえた。この子は間もなく脚の関節が弱ってくるだろうから、籠の底のキッチンペーパーをもっと厚くするように。小鳥屋から餌用の虫とジュウネンを買ってきて与えるようになどといったものだった。

まあいいや、どれほど生きられるか分からないけれど、神様の国に行く前にわたしの所に寄ってくれたんだね。仲良くしようね。「チビちゃん」では可哀想なので、ハルカは雄か雌なのか分からないこの子に、花子と太郎を一緒にして「花太郎」と名づけた

体が弱い分、利発なのかもしれない。花太郎はテレビが好きで画面を熱心に見ている。音楽を流すと、こころなしか穏やかな表情になる。どうも、この子はクラシック音楽がいいみたいだった。鳥籠の傍らで本を読んだり、昼寝をしたり、ハルカは優しい気持ちでこの夏を過ごせそうだった。

出来るだけ、花太郎に声をかけて上げるようにした。というより、気がつくと籠の傍にいて話しかけている自分がいた。

「可愛いわね。いい子ね。大好きだよ」

時々、ミホが様子を見にきて呆れていた。

いつまで経っても一人の恋人も見つけられないでいるハルカを彼女はいつもからかう。よく平気でいられるものだと感心してもいる。この友達はミッション系の女子高を卒業す

るまでは大人しくしていて、その反動なのかもしれないが、今まで何人もの男性と付き合っては短期間で別れていた。

「ねえ、ハルカ、最初から本命を狙っているわけ？　虫がよすぎると思わない？　適当なところで折り合わないと、もう間に合わなくなるかもよ」

彼女が読みかじった本によると、どんな人間にも各々にツインフレームといわれる魂の片割れがあって再結合を願って引き合っているのだが、なにせ、この広い宇宙では時間とか空間とかが複雑にからみ合っていて、なかなかめぐり合えないのだそうだ。たまに、その相手の魂は肉体を持たずに高次元世界で働いていることがあって、そうだとすると、こちらの世界で生きている者は一生独身で過ごさなければならなくなる。なんとも不都合な話である。

「あんたがそうだとしたら、淋し過ぎるじゃない。だからさ、適当なところで折り合うんだよ。誰か紹介して上げるから付き合ってみない？」

「いらない。適当な人なんていらない。それに今わたし、仕事のことで頭がいっぱいだよ。当分今のままでいい」

こう言いつづけてきたのだ。ハルカは自分を器用な人間だとは思っていない。やたら、あちこちに意識を向けることなど到底出来ないたちなのだ。世の中にはそういう者もいるんだ。

「そうやって、子雀ごときで紛らわせているんだ。わたしゃ見ていて切ないよ」

「放っておいて」

誰にも漏らしたことはないが、ハルカだって恋人がいたら楽しいだろうなと思う。傍にいるだけで孤独感や漠然とした不安などなくなってしまう人。余計な言葉などいらない。目を合わせるだけで元気が出る。そのうち声とか、ちょっとした癖とかは気にならなくなって、体の臭いなんかも何ともなくて、互いに赦しあえて、そんな人がいたらいいなと思う。昔、付き合っていた人がいたが、彼は桜の花が散る季節に忽然とこの世から消えてしまった。もし彼がまだ生きていたら、そういう間柄になっていただろうか。でも、それだって自分だけの勝手な思い込みかもしれなかった。たまにとても懐かしくて堪らなくなることがある。彼の清らかな魂は、今どの次元にいるのだろう。本当に清らかな魂なのだと思う。花の光や香りと一体になって上昇していったのだから。多分、この地上での使命は全部終わった魂なのだろう。そういう事からすれば、あの甥も同じなのだと思いたいが、親たちは諦めがつかないだろう。親ではないが、昔、彼を失った当座の自分もそうだった。不条理。そう、当時はカミュやサルトルなどを読んでいたので、勝手な解釈でこういう状態を不条理というのだと自分に言い聞かせて、悲しみを何とか紛らわせていた憶えがある。辛かった。教師をしていたから乗り越えられたようなものだ。

動物好きのミホが短期間だったら花太郎の面倒を見てくれるというので、急にハルカの韓国行きが決まった。

直行便で二時間。ソウルに滞在した後、少し足を延ばして古代の王国だった百済《くだら》の都コンジュ（公州）とプヨ（扶余）を訪ねる五日間の旅だった。李《い》家の人たちはとても丁重にもてなしてくれたが、ソヨギとハルカはソウルのホテルに泊まって自分たちのスケジュールで行動した。ソウルからバスに乗ってコンジュとプヨに行った。

沿道にはさまざまな色のムクゲが咲いていた。昔、日本の植民地政策で、この花をことごとく抜き取り、代わりにサクラの木を植えさせようとしたが、韓民族の人たちは密かにムクゲを山に移しかえて解放される時代をひたすら待っていたという話を聞いたことがある。だからという訳ではないが、ハルカは以前からこの夏に咲く花が大好きだった。亡くなった母も気に入っていて、友達からいろいろな色の花の枝を貰ってきては挿し木にしていたのが、今では父の家の庭で大きく育っていた。

流暢な日本語を話す中年の女性のガイドが、韓国では特産品のアメジストと同じ色の紫の花に人気が集まっていると教えてくれた。

ハルカはミホへのお土産に、小粒ながら、アメジストのペンダントを奮発した。王や王妃の墳墓や博物館の中を長時間かけて回った。もし、甥が生きていて同行していたら、嬉々として解説してくれていただろう。

プヨでは白馬江の舟下りをして、西暦六六〇年、唐と新羅の大軍に攻められて百済王国が滅亡した時に三千人の女官たちが入水したといわれるナクファナム（落花岩）を川の上から見上げた。切り立った崖の上には鬱蒼と木々が茂り、間もなく、子どもたちが賑やかに水泳ぎをしている入り江が見えてきた。

舟から降りて上陸し、急な階段を上っていくと、若い男性の美しい読経の声が聞こえてきた。日本では聞いたことのないような不思議な旋律で、何か心が軽くなり、透明な青空に吸い込まれていきそうだった。建物の中に入りきれない大勢の人々が地面に座って祈っていた。

裏側に回ってみると、赤や緑の色鮮やかに王国の終焉の有様を描いた三枚の絵が飾られていた。不自由な避難先で暮らす王様に女官たちが毎朝、交替で清水《せいすい》を汲んできて差し上げている様子というのもあって、その当時と同じ泉なのかどうか、さだかではないが、確かにすぐ傍らに泉があってきれいな水が湧き出ていた。

宮殿も寺院も町並みもことごとく焼き払われ、国が消滅した後、何千人という百済人が日本に渡来して二つの文化が溶け合ったという事実は凄いことだった。

ふと、このままミョンファと無理に縁を切ってしまっていいものだろうかと、ハルカに疑問が湧いた。ミョンファは嫋《たお》やかで、それでいて芯が強くて聡明で、この先もっと仲良くしていたい女性の一人だった。でも、ハルカは何も言えなかった。姉夫婦が熟慮の末に決めた事だったから。

最後に空港に見送りにきて号泣するミョンファの肩を抱きしめながら、天を仰ぐ姉の表情は水のように澄んでいた。どうしてこんなに静かにしていられるのだろう。きっと、姉はミョンファを本当に心から愛していたのだろう。

そういう愛し方もあるのだ。

仙台空港からハルカの部屋に落ち着き、一泊してソヨギは金沢に帰っていったが、一晩で人が変わったようにやつれてしまった。

ミホがしっかりと面倒を見ていてくれたので、花太郎はひとまわり大きくなっていた。

「わたしはね、神経質な可愛がり方をしないからね。元々、野生なんだから、ほったらかしにしていた方がいいんだよ」

でも、ハルカはつい花太郎の方に気がいってしまう。たまには草木の匂いが恋しかろうと庭のアシタバの葉を貰ってきて籠の中へ入れてやった。初めは恐がっていたが、しばらくすると緑の葉っぱの下に潜ったり、また出てきたりして遊んでいた。そういう様子は見ているだけで楽しかった。

日がたつにつれハルカは姉のことが気になってきて、とうとう電話を掛けてみた。初めはどうということもない会話だったが、ついに黙っていられなくなったのか、姉は父さんには絶対言わないでねと何回も念を押し、自分は今年の初めに乳癌の疑いがあると医師から告げられた。だが、息子の急死でそれどころではなく、今度こそ本気になって検査を受けて、多分手術をすることになるだろうと打ち明けた。

「今まで漢方薬と食餌療法でもたせてきたんだけど、気休めだったみたい」

ひととき元気になったかに見えた花太郎は、九月に入って何日かが過ぎるとだんだん色艶が悪くなってきた。片側の肩がますます下がり、籠の中で転んでは、さも悔しそうに「チチッ」と鳴くのだ。人間の舌打ちそっくりだった。見るに見かねて籠の中に手を入れて起こしてやると、足を引き摺りながら一目散に一番遠い隅に逃げていってこちらの様子を窺っている。だから、毎朝、籠の底のキッチンペーパーを取り替えて上げる時も、溜まった餌の殻や点々と散らばっている糞を片付ける時も、出来るだけ素早くやるようにした。糞は乾くとこびりついて、重ねた紙の下の方まで破いてしまうことになるので、まだ軟らかいうちに指で抓んで取った。一部が黒く、最後に体内から出てきた所は白くてゼラチンのように光っていた。汚いと思ったことは一度もなかった。庭に他の雀たちがやってきても、以前のように花太郎は自分の方から呼び掛けたりはしなくなった。もう決して仲間の所には帰れないと諦めていたのかもしれない。たまにハルカは籠を地面に下ろし、籠の中と外とで交流ができないかと期待したこともあったが、やってきた雀たちは気紛れで、花太郎には目もくれず、地面の上に飛び散った餌だけついばんで飛び去っていってしまう。花太郎は身じろぎもせずに見送っていた。どういう風の吹き回しか、たまにハルカの掌に片脚を掛け、穀物の餌や虫を食べることもあって、そんな時にはハルカはもううれしくて、どきどきして涙が出そうになった。

あの日、九月の最後の日曜日、午後二時過ぎ。冷蔵庫の野菜入れに仕舞っておいたパックの中の虫を上げると、ぱくりぱくりと三匹も食べてくれた。それから外の空気を吸わせようと籠を庭に出した。ぱたぱたと微かな足音を立てて、花太郎はいつになく活発だった。高い空を飛ぶ鳥の姿を見つけたのかもしれない。時々その様子を見ながら、ハルカは縁側の掃除をしていた。ほんの五分程目を離したろうか。次に籠の方を見たら、花太郎は真っ逆さまになり、尻尾の先が天を向いていた。初めは訳が分からずぼんやりしていたが、急に血相を変えて裸足で飛び下り、一センチ程の水が入っていたプラスチック製の入れ物をひっくり返して助け上げたが、花太郎はすでに事切れていた。半分開いた目に暮れかけた空がぼんやり映っていた。

数日間、ハルカは死んでしまった花太郎のことばかり考えて涙を流しつづけた。あの体でよく今まで生きていてくれたと感謝しなさい、とミホは言ったが、悲しいことに変わりはなかった。

「あれは、事故死だよね」

「そうだと思うけど、他に何がある?」

「まさか、自殺でないよね」

人間と野生の動物との間には侵しがたい領域があって、その掟を破ったので、わたしはひどい罰を受けたんだ。ハルカは自分の迂闊さを悔いた。そして、いっぱい、いっぱい可愛がって上げたつもりだったが、子雀にとっては迷惑どころか恐怖の連続でしかなかったかもしれないと思った時、また、後悔の苦い涙を流した。本当に可哀想なことをした。

年が明けて、ソヨギは東京の病院で乳癌の摘出手術を受けることになった。母が生きていたら絶対に駆けつけていただろう。ハルカは前日から行って看病することにした。

出発の日の朝、ハルカは目覚める直前に夢を見た。

あの花太郎が雪を吐き出していたのだ。

ぷふぁー、ぷふぁー――

精一杯に開けた丸い口の奥から、白くて柔らかそうな雪の塊が空中に吐き出され、粉のようになって後から後から地上に落ちてくる。時々、薄いクリーム色やピンク色をしたのも混じって、大小さまざま、無数の雪が舞い落ちてくる。見上げると、ジョンブリアンといわれる淡い橙色《だいだい》をした、どこか明るい空から、小兵《こひょう》ながら雪の大軍が襲いかかってきて、ハルカの瞼といわず鼻といわず、頬、唇といわず、襟足にまで冷たくて温かい感触を残して溶けて消えていく。

当の花太郎はといえば、重なり合った山並みの上の空に頭部だけ現し、薄赤い喉の奥まで見えるぐらいにぐわっと口を開けて、雪をぷふぁーぷふぁーと吐き出しては降らせているのだった。

それは夢とも言い切れず、ひょっとして覚めてから見た幻のようでもあるし、起き上がって、花太郎は復活したのだ、よかったよかったと弾んだ気持ちでカーテンを開けてみるとほんとうに雪が積もっていた。木々も庭石も地面も厚い綿帽子にすっぽりとくるまり、広い庭全体がまるで発酵しつくしたパン生地のように膨張して、いつもとは全く違う様相を呈している。

日はとうに昇っているはずだが地上の方がかえって明るい。薄雲が広がった空の色は夢の中と同じジョンブリアンだった。電線にたった一羽止まっていた雀の数がみるみる増えていく。まるで忍者だ。一体、どこから集まってくるのだろう。健やかな食欲。彼らはハルカが時々撒くパン屑がお目当てなのだ。だが、人間には金輪際近付こうとしない。その徹底した拒否ぶりが今ではかえって小気味よかった。

七年前、母が旅立っていった日も大雪だった。あの時は本当に切なかった。でも、今日は何か違う。母がメッセージをよこしたのではなかろうか。ソヨギちゃんは大丈夫。大丈夫。大丈夫。

新幹線の電車が県境を越えた頃、頭上には青空が広がってきた。湿り気を帯びた色の空の向こうに丸みを帯びた面白い形の雲がぽっかり、ぽっかりと、一列に浮かんでいる。まるで、飛行船が隊列を組んでいるみたいだ。窓ガラスに顔を近付けて見上げると、ほぼ天頂に近い位置に早春の太陽が白色に近い金色に輝いていた。ああ、お日さまだ、お日さまだとうれしくなった。太陽の光は歓びのエネルギーとなって、ハルカの全身に隈なく行き渡る。水のように透明な空の奥へ奥へと目を凝らし、意識を限りなく広げていくと、この宇宙は多次元構造になっているのが分かる。心をどの次元に住まわせるかによって、物事に対しての感じ方が違ってくるのだろう。いいも悪いもないいんだ。そう考えよう。

姉が病室から手術室に移されたのは、初めの予定よりだいぶ遅れて午前十一時を過ぎていた。直前に緊急の手術が入ったらしい。姉は今後のことを考えて、片方の乳房を取ってしまう方法を選んでいた。

病室ではなく、廊下との境を一枚の衝立だけで仕切った、上の階のロビーみたいな所でハルカたちは待った。暖房はきいていたが、俄か仕立ての感じで殺風景だった。

「ここはね、建物が古いんだ。しかし、医者たちの腕はいいんだそうだ」

東京に住む親しい友人にこの病院を紹介されたと義兄は言った。昨日、ハルカが到着した時、彼はまめまめしく妻の面倒を見ていた。枕の高さが気に入らないと言ったり、紅茶が飲みたいと言ったり、姉は夫に随分と甘えていた。ハルカは近くのビジネスホテルをとってもらったが、義兄は簡易ベッドを病室に持ち込んでいた。

「腹、空いてないかい？」

「ううん、大丈夫」

窓の外を眺めると、道路を挟んだ向こうのビルの屋上が見下ろせた。昼休みなのか、若い男が誰かとキャッチボールをしていた。相手はあいにく別の建物に遮られてここからは見えない。だが、ボールは確実に行っては戻ってきていた。

どーん、どんどん。どーん、どんどん。

ハルカの胸の奥で太鼓が鳴り響いている。韓国音楽で使われる太鼓だ。去年、ソウルで姉と見た舞踊劇の情景が髣髴《ほうふつ》としてきた。明らかに女性と思われる踊り手が、男の旅の僧に扮してたった一人で歩いていく。春の野は色彩も音楽もどこか華やかで、僧の足取りも軽やかになる。舞台の照明が落とされ、そこは時雨れる秋の野道。旅の僧は悄然と去っていった。

姉も眠りに入る前、この、どーん、どんどん、を聞いただろうか。麻酔をかける前に患者の気持ちが落ち着くように好きな音楽をかけてもいいと言われたそうなので、ハルカが持ってきた何本かの音楽テープの中から、ソヨギは韓国音楽のテープを選んだ。心も体も弱くなっている彼女は、大地から湧き出すような強力なエネルギーが欲しかったに違いない。夏の韓国では木立の奥から聞こえる蟬の声さえパワフルだった。人が傍にいてもびくともしない大合唱の迫力にハルカは圧倒された。日本と韓国では蟬の種類が違うのかとさえ思ったくらいだ。

姉の手術が終わったと聞かされ、担当した医師から説明があるというので、四階まで下りて待つことにした。

ガラスの扉が開いて、医師が二人出てきた。一人が膿盆に何かを載せて持ってきた。目をやったとたん、「わっ」と声が出そうだった。義兄も一瞬顔色を変えた。それは、とても無惨としか言いようがなかった。トレーの上に平たく広げてあるので大量に見えたのかもしれないが、人の胸にはこんなに多くのものが入っているのかと、あらためて吃驚した。

姉の病巣部分は、一・五センチを超えていた。姉が長い間、じっと心の中に閉じ込めて耐えてきた深い悲しみや苦しみが凝り固まって癌になったのかもしれない。お嫁に行ってから馴れない所でいろいろ苦労があったろうし、よく我慢したね、お姉ちゃん。ハルカは涙をこらえようとして、唇を固く結んだ。

病室に運ばれてきた時、姉はまだ夢うつつだった。ベッドの傍に座って覗き込んで、なかなか立とうとしないハルカを義兄は促した。彼は今夜もここに泊まるのだ。看護師が何度も来て、てきぱきと処置していってくれた。まだ水が飲めない姉の乾き切った唇に、ハルカはガーゼにくるんだ氷の塊を持っていってしゃぶらせて上げた。

「美味しい?」

姉が、ぼうっとした目で頷いた。

もう一度、ハルカは姉の手を握り締め、その時響いてきた母からのメッセージをしっかりと心で伝えた。大丈夫よ、もう大丈夫。

それから、病室を出た。

東京の空はちょっと悲しげな薄い赤だった。星は全然見えない。何百万の人々が吐き出す溜息や孤独な想いが浄化されずに、地上から何千メートルも厚く層を作っているせいかもしれない。もっと上に行けば、澄んだ星空が見えるはずだ。いや、大勢の中には幸せで心をいつも輝かせている人々がいて、いい想いを発散させているのだろうが、なにせ絶対量が足りないときている。

その時、雪が舞い落ちてきた。

あれっ？

無条件にうれしかった。雪が、ここに本物の空をはるばる運んでこようとしている。きっと、花太郎がまた働きはじめたに違いない。

ぷふぁー、ぷふぁー、ぷふぁー――

ひょっとして、明日の朝にはこの巨大都市が一面の雪に覆われ、出来立てのクリスマスケーキのようにぴっかぴかになっているかもしれない。

そうなったらいいな。

舞い降りてくる雪の花びらを両手でしっかりと受け止める。花太郎への想いが満ち潮のように溢れてくる。

あんなに小さかった存在が、今、宇宙に遍満する光となって救いの側《がわ》に立ったのだ……

無限大のいとおしさ……

ハルカはコートのポケットから手袋を出して嵌《は》め、もう一度空を見上げ、それから最寄りの駅に向かって歩き出した。

ほがらか川

この頃、よく思い出す歌がある。

「スズメがチュンチュン鳴いている　カラスがカーカー鳴いている　障子が明るくなってきた　はーやく起きないとおそくなる」

ごく単純なメロディー。寝床の中で歌っているのは父。父と、幼かった兄と姉とハルカが枕を並べて寝ていたのはいつのことだったのか。生母が亡くなって、二番目の母が来てくれるまでには間があったようなので、その頃のような気がする。

兄弟だったら、どうしたって年長者の方が得をするというのがハルカの考えだった。お父さんとあまり遊んでもらった記憶がないよ、と言うと、姉のソヨギは昔はよくお父さんに映画を観に連れていってもらったよ、と言うし、兄のタモツもまた、ある日、西部劇か何かを観ての帰り、父の自転車の荷台に乗せてもらって交番の前を過ぎてから、「お巡りさんが出てきて、こっちを見ているよ」と教えると、「見るな、後ろを絶対に見るな」と言いながら、父は怖い顔をして必死にペダルを漕ぎつづけたのだという。かと思えば、魔法のようなこともやってみせた。夕食の時、父は「きのうの宴会でな、吸い物の貝の中からこんなもんが出てきたよ。もう少しで奥歯が欠けるところだった」と言いながら、晩酌の小さなグラスの中に、握り拳の中から小粒の真珠をぽろりと落としてみせた。函館にいた頃、一家は丸いちゃぶ台を使っていた。それは思い出せるが、その真珠の場面をハルカは思い出せない。きっと、父は白い歯を見せながら、とても得意そうにしていただろうし、姉と兄はぽかんと口を開けて見ていただろうし、二番目の母は何もかも心得た様子でにやにやしていたに違いない。

「お父さんて、歯医者のお世話になったことがあるのかなあ」

ハルカは年を取ってからでも、何でも食べられる父の丈夫な歯を思い出していた。

でも、ハルカにだって懐かしい思い出はある。小学校の低学年の頃、ランドセルを背負ったまま駆け出すと、セルロイド製の筆入れがカタカタと鳴った。中にはその朝、父がナイフで丹念に削ってくれたばかりの五本の鉛筆と消しゴムとが入っていた。

新しい物が大好きな父はいろいろな物を集めていた。大正末期から昭和の初めにかけてのモダンでハイカラな絵柄のマッチ箱のレッテルがスクラップ帳に貼ってあったし、一時、座敷の奥に写真現像のための暗室もあった。クラシック音楽のレコードもいっぱいあったはずだが、度重なる引越しでいつの間にか消えてしまっていた。

ハルカには、父の蔵書が一番懐かしい。黒く塗った木製の本箱にはびっしりと本が詰まっていた。文学書の他に宗教書も多かった。

父は教師になるつもりで、長野の旧制中学に就職が内定していたのに、大学の掲示板で見つけた〇〇漁業株式会社の社員募集に応募して函館にまで行ってしまった。

「なぜ、そんな気になったの？」

ハルカの問いに、父は澄まして答える。

「そりゃ、給料が高かったからさ。三倍だったんだぞ」

父が行くことになっていた学校は、さぞ困ったことだろう。鷹揚といえば聞こえはいいが、父には、かなりマイペースなところがある。

昔々、ハルカは姉に連れられてイケザキさんという家にお使いに行ったことがあった。イケザキの小父さんは、会社に入った時に父と同期で、社員寮のルームメイトだった。

「キーさんは、よく俺のパンツを間違えて穿いてたんだよ」

キーさんというのは喜一郎という父の愛称。何のことはない、父はだらしないのだ。

イケザキの小父さんは、それから、小学校の四年か五年生だったソヨギに向かって、

「きれいになったなあ」

と、言った。姉もまんざらでない顔をしていたのをハルカは憶えている。

父は四十代の時、病気でその会社を泣く泣く退職したが、イケザキの小父さんは若くて重役にまで昇進して、でも、六十代で亡くなってしまった。


父は、この頃元気になり、熱心にハルカの結婚相手を探しはじめた。なんでも、二番目の母の遺言なので、ぜひとも実現させたいというのだ。奥さんを亡くした医者とか、保険会社の偉い人とか、どこから探し出してくるのか見当もつかないが、ハルカ自身には結婚などする気が全くないので鬱陶しくてならない。仕事が忙しいせいもあり、しばらく父とは距離を置くようにしていた。「お父さん、元気になり過ぎたかな」いくらマイペースの父でも、まさか、娘の意向を抜きにして勝手に話を決めたりはしないだろう。

年を取ると、独身の人をやたらと結婚させたくなるタイプがあるらしい。親友のミホの

おばあさんもそうだった。彼女の標的は父と違って複数で、どうやらハルカもその一人に入っているらしい。だから、下宿先の母屋の方でおばあちゃんの声がすると、ハルカは部屋から逃げ出すことにしていた。十分も歩くと林があり、その向こうにいくつかの店が出来て、美味しいそば屋さんとか、喫茶室もあった。どの店も大入り満員とはいかなくて、ほどほどの客数なのが、かえって落ち着いて、ハルカのちょっとした隠れ場所になっていた。畑などもまだ残っていて、菜の花が咲いていたり、青空がきれいだった。あそこは空気の分子が細かくて美味しいんだ。立ち止まって空を見上げていると、透明な中に金色の粒子が舞っているのが時々見えたりする。

二人目の妻を亡くした時、父は八十歳に近かった。息子のタモツの家に引き取られていったが、間もなく急性の胃潰瘍に罹っていることが分かり、直ちに入院して幸い手術もしないで薬と食餌療法で完治した。ハルカが退院直後の父を兄の家に見舞いにいって帰る時、サンダル履きで見送りに出てきた父が屈んで腰を海老のように曲げて、玄関先に咲いていた一面の鈴蘭の匂いを嗅いでいた様子が目に焼きついている。若い頃を過ごした函館の春を思い出していたに違いない。暖かな日の光が病後の父のやつれた横顔を照らしていた。バスの最後尾の席まで行って、ハルカはひっそりと泣いた。あの日の記憶とぴったり重なったのだ。

あの日、それは母の初七日を済ませた日の午後だった。昼前に姉一家が金沢に帰り、兄の奥さんと子どもたちも先に行って部屋を暖めておくからと戻っていって、線香の煙が漂う家の中に父と兄とハルカだけが残った。その父も夕方には仏壇と一緒にタモツの家に引っ越すことになっていた。台所で洗い物をすませ、何気なく炬燵に入ろうとしたハルカはいきなり父に抱きつかれてびっくりした。見れば父の両眼から涙が溢れ落ち、頬がぐっしょり濡れていた。どうやら半日近く、そうやって泣いていたらしい。

あの時の父の絶望しきった顔。思い出す度にハルカの胸は今でも涙でいっぱいになる。年を取れば取るほど、伴侶を亡くすということが大きな痛手になるのだろう。

その日はいつの間にか大雪になっていた。

タモツの車で去っていく父を見送った後、ハルカは雪靴で白い雪を踏みしめ、傘で泣き顔を隠しながらバス停まで歩いていった。

家が無くなった。家庭が一つ消えたのだ。

とはいうものの、父は立ち直ってくれた。ありがたかった。体力が回復するにつれて行動範囲を広げ、まるで勤めに出るようにバスに乗って空き家になっている元の家に通いだした。湯を沸かしてポットに入れ、茶を飲んだり、テレビを楽しんだり、尺八を吹いたり、昼寝をしたり。帰りもバスを使っていたようだったが、そのうちタモツが車で迎えにいくようになった。育児院の院長をしている兄は、決まった時間に帰ることなど至難の業なのに、会議の途中でも抜け出してきて父を乗せていってくれる。凄い人。昔は結構短気だったはずの兄。近頃、その兄の顔がとても柔らかく、優しく変わってきたのは、福祉の仕事の苦労で磨かれていったのかもしれない。

その頃のハルカは、学校の中で授業をするだけでなく、学年の副主任をしたり、今年の秋に全校挙げて行われる授業公開研究会の資料の取りまとめ役に任命されたり、もう疲労が溜まって体が悲鳴を上げつづけていた。しかも、心の隅には父の世話を兄夫婦に任せっきりにしていることへの後ろめたさがいつも蟠《わだかま》っていた。

ある日、それは開校記念日ということで生徒も職員も休み。ハルカも久し振りの休日だったので父の元の家に行ってみた。朝、兄に連絡すると、父はあいにく眼科の予約を入れていて、今日はそちらには行かないだろうと言う。誰もいないのは覚悟してきたが、預かっている鍵を回して玄関の戸を開ける時、一瞬、寂しさに押し潰されそうになり、このまま逃げ帰ろうかと思ったくらいだった。

　家の中は意外と片付いていた。以前はプーンとかび臭かったが、それが取れていた。父が強く希望したので、母が生前着ていた物などは兄と一緒に早いうちに片付けておいた。家の中から母の気配が日に日に消えていく。それは、きっと、いいことなのかもしれない。

だいぶ前にハルカの友達の一人が不思議がっていた。

「うちのお姑《かあ》さんときたら、お舅《とう》さんの位牌がある部屋では絶対に寝ないんだよ」

　父の様子を見ていると、そのお姑さんの気持ちも分かるような気がする。生前には仲がよかった夫婦でも、幽冥境を異にすると年寄りの場合は感じ方がちょっと違ってくるのかもしれない。でも、今日だって思いがけない所から母のゆかりの物がひょいひょいと出てくると、ハルカでさえ平気ではいられなくなる。洗面台の下を開けると、母が白髪染めに使っていた真っ黒に染まった小丼とブラシが出てきて思わずぎょっとしたし、出窓に置いてある母の手書きの電話帳の間からは「しお1、しょうゆ大2、みりん大2、さとう大2」などと走り書きしたメモ用紙がひらりと舞い落ちてきたりして、どうにもやりきれない。

　母はテレビの料理番組が大好きで、熱心にメモを取っていた。といって、その通り作る訳でもない。いつか、ハルカが煮物の味をうまく出すにはどうしたらいいのかと訊いたら、味見しながら加減していけばいいんだと教えてくれた。当たり前のことだけれど、さすが母はベテランだと、変に感心したのを憶えている。

掃除機をかけていると、隣の家の奥さんが縁側から覗いて何か言っている。慌ててスイッチを切った。

「ハルカさん、この家、いつ、処分なさるの」

ええっ、そんな事聞いてないよ。それに、何か変、奥さんの目が据わっている。唇が震えているのが分かる。極度に緊張している様子に、ハルカの方も落ち着かなくなった。

奥さんの話によれば、この家が母の死後、何年間も空き家になっていることが近所でも話題になっているというのだ。不用心なのだそうだ。空き家といっても、庭に植木屋を入れたり、大雪の日には兄が回ってきて家の前の雪かきをしたり、結構気を遣っていたつもりだが、そんな事はまったく斟酌《しんしゃく》してくれないらしい。夜間、無人になる事が気になるのだという。

「父が懐かしがって、この頃ちょくちょく風を入れにくるみたいなんですけど、それでも駄目なんですか」

大人気ないと思いながらも、ハルカも、つい、つっけんどんになる。

「それこそ危ないじゃないですか、年寄り一人で」

「父は、腰も背中も曲がってますけど、足はまだしっかりしてます。危なくないですよ。それに頭もしっかりしていて、火の始末は家族中でいちばん徹底してますから大丈夫」

「裏のお婆ちゃんが、夕方になるとお宅の家の周りを変な男がうろうろしてるって、気味悪がって、うちへ電話をかけてきたんですよ」

それは、帰りに用心深い父がガスボンベの元栓を閉めに、わざわざ裏へ回ることを誤解しているらしい。老いた父が、自分の居場所を求めて精一杯やっているのに、突如立ちはだかった厚い壁。いらいらした。お隣とは家同士だいぶ親しくしていたはずだ。よく母がこの人の悩み事を聞いて上げたりして相談にのっていた。忘れたの？　恩しらずめ。

「とにかく、わたしどもでは、いなかの両親の家を早々に処分してしまいました。ご近所に迷惑を掛けていられませんものね」

さぞかし、高く売れたんでしょうね。もうハルカは爆発寸前だった。でも、我慢して黙っていた。口を開けば相手を傷つけるどころか、自分が傷つきそうだった。

奥さんが帰っていった後、ハルカは台所から塩を持ってきて撒こうとしたが、あいにく甕《かめ》の底の塩はすっかりしけって固まっていた。引き出しからフォークを見つけてきてガリガリ引っ掻いているうちに馬鹿馬鹿しくなってきて声に出して笑った。わたしは一体何をやっているの？　あの奥さんも母の、一応はお友達だったのだ。楽しい事もあったかもしれない。お嬢さん育ちで、神経質で、まあ、そういう人らしかった。仕方ないよ、世の中にはいろいろな人がいる。

そういう訳で、その日は早々に引き上げて、家にはまっすぐ帰らずに、林の向こうの「避難所」に行ってみた。そして、思いがけなく新しい店を発見してハルカの機嫌はすっかり直った。以前からあった「春風丸」という、まるで船の名前のような立派な割烹店の隣に「フローラ」というケーキ屋が新しくオープンしていた。喫茶コーナーもあるらしい。思い切って入ってみた。床が木というのも気に入ったし、造り物なんかでなくて、本物の観葉植物が適材適所に配置されていて、なかなか趣味がよかった。丸い木製のテーブルを前に腰掛けて、注文を取りにくるのを待っている間、ハルカはまた父のことを考えていた。

ふと、「三界《さんがい》に家なし」という言葉が浮かんだ。古い時代に女の人が置かれた立場を言ったらしいが、幸い今のハルカには、何処に行っても生きていけるという気概がある。そうじゃなくて、父さんの状況なんだよな。お父さん、兄さんの家族には大切にされているようだけれど、結構気づまりかもしれない。ふだんの父は大人しいのだが、虫の居所が悪いと頑なになって暴言を吐く。言わなくていい事まで言ってしまうのだ。母が零《こぼ》していた。

「お父さんていう人は、案外、非常識なんだよ」

その母も父に遠慮しないで、ずけずけと言いたい事は言って、でも、うまく我儘な父の舵を取っていた。あの真似は母以外の人には難しいだろう。

「お待たせいたしました。何になさいます」

髪をひっつめに結った、地味な感じの中年の女性が立っていた。どこかで会ったようなないような。はて……。お勧めのコーヒーというのとオレンジケーキをセットで頼んだ。色の浅黒い、きりっとした印象の人だった。白い絹のブラウスに濃いグリーンのロングスカートを穿いている。この人がオーナーなのかな。

お父さんには、昔のご近所仲間が自分のことをどう見ているかなどと詮索する余裕なんかないだろう。父にとってはどうでもいい事なのだ。まあ、そっとしておいて上げよう。でも、兄にだけは教えておいた方がいいな。きっと兄ちゃんも心を痛めるだろう。

背後でカウベルが鳴った。どうやら、この店にはもう一つ入り口があるらしい。スタッフたちが畏まった声で一斉に言った。

「お帰りなさいませ」

そして、その後、

「あら、いらっしゃい。よくいらっしゃいました。お久し振りねえ」

いちばん会いたくない人の声。持ち上げた手から、あやうくカップを落とすところだった。臙脂色に大きな黒い薔薇の花を散らしたドレス。ふさふさした銀色の髪。ミホのおばあちゃんがハルカのまん前に立ってにっこりしていた。さあ、どうしよう。

「ええっ。ここ、おばあちゃんの店なんですか」

「そうよ、知らなかったの？　隣りの料亭もわたしの店。どうぞ、ご贔屓にね」

「へえ。凄いやり手だとは聞いてたけど、いえ、これはミホが言ってたんです。へえ」

「あのね、おばあちゃんというのは嫌だね。そうだね、グランマと言って」

結局、おんなじ事じゃないかと可笑しかった。そのグランマときたら椅子を寄せて、ハルカの鼻先に座り込んだのである。

ハルカにとって、ミホのグランマは父よりずっと手ごわい相手なのだ。なぜなら、ある意味で、ハルカはこの人をとても尊敬していたから。

海運業を営んでいた実家が没落して、親の反対を押し切って結婚したものの、その夫に裏切られ、幼い娘を育てながら実家の会社を復活させ、再婚するために今度はその会社の運営一切を弟に任せて家を出た。その潔さがいい。

三度目の結婚の相手はおととし亡くなったそうだが、ミホの話によれば、「三度目の正直」で、その人を一番気に入っていて、彼が遺した喫茶店とレストランの数軒をかけもちで経営しているのだそうだ。たまに、いろいろな団体から講演を頼まれたりするらしい。ミホは彼女のことをマジョリッタと呼んでいる。昔、絵本で見たいい魔女に顔も体付きもそっくりなのだそうだ。

マーガレットも、アメリカで有名な白魔術の何とかという人に似ていると言った。マーガレットというのはハルカの学校に教えにきている英語の教師である。職員室でハルカの隣の席にいて、ハルカの部屋に遊びにきたこともある明るい女性だ。

ここで遇ったが百年目。蛇に見込まれた蛙。もちろん、マジョリッタが蛇で、ハルカが蛙。これからどんな展開が待っているか分からない。でも、想像はつく。きっと、縁談を次から次へと持ってくるに違いない。頭の中を、学校の机の上に堆《うずたか》く積んである資料の山がよぎった。月末までにまとめて印刷しなければならない。それなのに、マジョリッタときたら、さっそく、ハルカに会わせたい人がいると告げたのだ。傍であの中年の美人が微かに笑っている。彼女は淺川レミさんといい、マジョリッタの姪なのだそうだ。

三日後、兄から電話があった。母の三回忌が終わってほっとしたのか、父は昔過ごした所を回りたいと急に言い出し、先ずは、生まれ故郷の柏崎にタモツが連れていくことにしたという。ところが、後で聞くとさんざんだったらしい。昔、仲がよかった友達の一人から、この数年年賀状が来ないので、もしやと思って訪ねていったら、生きてはいたが、心身ともに衰えていて、父の顔を全く覚えていなかったらしい。がっかりした父は金沢のソヨギの所に到着後、丸一日どこにも出掛けなかったという。

でも、それから二月ほどして函館に行くことになって、今度はタモツが思いがけなく、母校の小学校の古い懐かしい講堂に入れてもらったと、声を弾ませて電話をかけてきた。老朽化して来月は取り壊すことになって立ち入り禁止だったのに、女の教頭先生がわざわざ案内して見せてくれたのだという。兄にとっては親孝行のささやかなご褒美だったのかもしれない。

その次に父がやった事といったら、驚いたことに、市内の二つの結婚相談所に自分とハルカの名前をそれぞれ登録した事だった。ハルカには寝耳に水。そこからおかしな呼び出し状が舞い込んで、訳が分からず、電話で問い合わせて父の仕業と分かった。かんかんに怒って自分の分は取り下げてもらったが、父が納めた会費は戻らなかった。

ミホにぶちまけると、彼女は笑い転げて、しばらくして、しんみりと、「娘に幸せになってもらいたいという親心なんだよ。怒っては駄目」と言いながら、また、くすくすと笑ったのだ。

結局、父は自分の分はそのままにしておいて、何人かの女性と会ってはみたものの、気に入らなかったらしい。そういう事実はだいぶ後になって分かった事だったけれど。子どもに迷惑を掛けたくない一心で、父は自己流で、身の処し方を考えていたようだ。「老後を明るく生きるために」などという類の小型の本が元の家にあったのを思い出した。でも、娘を巻き込むなんてやり過ぎだ。

秋になって、大丈夫だから一人で行けるよと言って、父は長野に本当に一人で墓参りに出かけた。帰りには浦安にいる下の妹の所に寄ってきた。この叔母は明るい性格で、話の分かる、ハルカたちのいい相談相手だった。父が仙台に帰ってきて間もなく彼女から電話がかかってきた。

「兄さん、えらくハイカラになっちゃって、まるで別人ね。格子柄のスポーツシャツなんか着ちゃって。ハルカちゃん知ってる？　あの凄いサングラス……」

「サングラス？　ええっ、知らないよ。どんなの？」

「白くて太いフレームの。顔が半分隠れてしまいそうだったわ。外へ出たとたん、ポケットから出してかけるのよ。娘たちがびっくりしてしまって、オホホホ……」

「へえ、考えられない。考えられないよ」

父にはいろいろなものに固定観念があって、家にいる時はたいてい和服。外出となると、白いワイシャツにネクタイを締め、背広の上下。早い話が自転車に乗って、同じ町内の郵便局に行くのでさえ着替えはじめる。十年以上も前にタモツが友人の農園のリンゴの木を一本、一年契約で借りたことがあった。秋には楽しい収穫を体験した。たまに、ドライブを兼ねて両親を誘って、袋かけなどの農作業をしにいく時でさえ、父は背広を着て行ったのだ。兄は苦笑いしていた。

「前みたいにソフトを被ったり、ステッキを持ったりしないだけでも、いいとするか」

その頃の母は元気そのもので、大きなリンゴの木が枝を広げた脇で撮った写真の顔の表情がとてもよかったので、父が写っている部分は外して、引き伸ばしてもらって母の葬儀用の写真にしたのだった。

写真といえば、父は浦安の叔母の所に三枚のスナップ写真を置き忘れてきたらしい。

「それがね、女の人と一緒に写っているのよ」

「昔の職場仲間かしら」

「で、ないみたい。女の人が一人で写っているのと、兄さんと二人で並んでるのが二枚」

叔母のわざと焦らすような、可笑しがっているような口ぶり。へんな予感。ハルカは、はっとした。嫌だ、もう。

「知人の紹介で知り合ったそうだけど、この年で、よくこんな人が見つかったと、兄さんも初めは信じられなかったそうよ。お互い、愛し合ってるんだって……オホホホホ……」

この叔母は、ハルカたちの二番目の母が亡くなった直後に「子への愛も癌の痛みもうつせみの世に脱ぎ捨てて姉は安らぐ」という短歌を作って送ってくれたのである。どうやら叔母は面白がっているようだ。

冗談じゃない、これは凄い裏切りだ。

叔母の感じでは、六十を越したとは思えないような若々しさで、趣味のよさそうな人だという。兄のタモツに聞くと、その人は鈴木カオルさんといい、彼は父の元の家で偶然に会ったらしい。父を帰宅させる途中、彼女の家の近くまで車に乗せたという。

「そんな大事な事、どうして早く教えてくれなかったの？」

「ごめん。すぐ、出張が入ってさ、帰ってからにしようと思ったんだ」

正直いって、その時は兄も大いに混乱したそうだ。

姉が、電話の向こうで怒っている。

「母さんが触った柱や障子に、知らない女が触るのよ。絶対、許せない。絶対」

ハルカだって、腹立たしいと言おうか、もの悲しいと言おうか、複雑この上ない心境だ。

「男は甘いというけど本当だね。あんたの父さんには悪いけど、その女、怪しいよ。何か魂胆があるのかもしれない。例えば、あんたの父さんの年金を狙って近付いたとか、財産目当てとか。今、そういうのが多いんだそうだ。用心したほうがいいよ」

と、ミホが忠告してくれる。財産なんて、我が家には何もない。ただ、母が節約して貯めた自分たちの僅かな老後資金と、今まで住んでいた家と土地があるだけだ。

「用心するったってねえ、恋愛は本人の自由だしさ」

「そうだよ。確かに恋をするのは自由。あんた、分かってるじゃない」

いったい、この人はどっちの味方？　ミホの顔をハルカは恨めしそうに見ていた。

その後、姉も気になるらしくて、いろいろ訊ねてきたし、兄と相談すると、とにかく一度その人に会って話を聞いてみようということになった。

ある日曜日の午後、朝から大雨が降っていたが、ホテルのロビーが約束の場所だというので雨靴を履いていくわけにもゆかず、革靴に防水スプレーをたっぷりかけて出掛けた。午後六時。兄からは用事があって十五分ほど遅れると連絡があったが、時間になったのに父たちも現れない。そのうち兄も到着して、もしかしたらと二階のレストランに行ってみると、案の定二人は差し向かいで、父など、もうハイボールのグラスを傾け、目の縁を赤くしていた。待ち合わせの場所を勘違いして、二人ともまっすぐにレストランに上がってきたらしい。

初対面の挨拶をしながらハルカはカオルさんをそれとなく観察した。丸顔に、黒くて丸い両の目が少し離れぎみで愛嬌がある。ショートの髪は明るい茶色に染めてある。でも、どこかよそよそしくて温か味がない。気取っているのか、自分を見せたくないのか、どっちにもとれる。率直な人が好きなハルカがいちばん苦手とするタイプだ。

一方、父ときたら、もうこちこちで、食事の間中ナイフとフォークを何回も皿にぶつけて音を立てたり、食後のコーヒーのミルクは二人分が一つになっているのを、すっかり逆さにして自分のカップの中に空けてしまい、これでは生ぬるいミルクを飲むようなものだと文句を言いながら、受け皿にのっけたままのカップに、とがらせた口を近づけて飲んでいる。まるで子どもだ。

兄はこういう時でも優しくて、苦笑いしながらも分かり易く説明してやっている。カオルさんときたら、気が付かないふりをして、ミルクなしのコーヒーを澄ました顔で飲んでいる。

その日、分かった事といったら、カオルさんには二回の離婚歴があり、一人娘が結婚して別所帯になっている。娘の旦那もいい人で、孫に会いに行くのが楽しみなのだそうだ。

でも、父のことをどう思っているのか、これからどういう付き合い方をしたいのか、などという肝心の話には触れることが出来なかった。父の前では兄もハルカも、あからさまに訊けなかったのである。

車に乗る前、父もカオルさんもそれぞれ化粧室に行った。二人を待っている間、兄は

「得体のしれない人だね」

と、呟いた。

その晩、ハルカはへとへとに疲れて寝てしまった。

そして、翌日の昼休み、学校に電話がかかってきた。

「鈴木でございます……」

はて、どの鈴木さんだろうか。初めは生徒の父兄かと思い、何事かと緊張したら、昨日会ったばかりのカオルさんだった。雨の中、わざわざ来てくれてありがとうという趣旨の電話だったが、何か抜け目のなさを感じて、そういう受け取り方しか出来ない自分自身にも嫌気がさして、ハルカはまた憂鬱になってしまった。

ずうっと昔、彼女が父の本棚から見つけて黙って貰ってきた本がある。全編、英語だけで書かれていて、奥付には「大正十三年、丸善発行」となっている。書名は「浪漫的英詩集」。ワーズワースとか、スコットとか、シェリー、バイロン、ブレイクなど錚々たる詩人たちの作品が載っていて、余白には尖った鉛筆や細いペンを使った書き込みがしてある。これらは紛れもなく若い頃の父の端正な字だ。多分この本は父が大学生だった時の教科書だったのだろう。父の学校にはバイオレット・ローズという女の英語の教師もいたそうだ。

「へえ、きれいな名前ね。美人だった？」

「年寄りだったよ」

と、父は笑っていた。

元は鮮やかな藍色だったに違いない布張りの表紙の英詩集は、今では色褪せて灰色っぽくなり、だいぶ擦り切れている。でも、この本は、もう一冊、祖父が和紙に毛筆で丹念に書き綴り、紙縒《よ》りで綴じた「日清戦争従軍記」と共にハルカの宝物なのだ。

祖父の二十代と父の二十代とハルカの四十代がここに同時に存在する。これって何だろう。「時の流れ」の中に思いがけない「豊穣」が潜んでいる。素晴らしい。

そしてまた、昨日のレストランでの、衰えて分別が付かなくなり、行儀が悪かった父と、かつて、コルリッジやバイロンの詩を朗読していた頃の輝いていたはずの父の姿との、あまりの落差に溜息をつく。でも、はっきりしているのは、そのどちらもハルカの大事な父その人だということなのだ。

その本の表紙裏にも父はいっぱい書き込みをしていたが、ちょっと離れて、まるで走り書きのように「mellow river」とメモしてあったのが、なぜか、とても気になった。直訳すると「成熟した川」「陽気な川」とでもいうのだろうか。でも、しっくりこない。ひょっとして、誰かの作品名なのか、地球上の何処かにそういう名前の川が実際にあるのかもしれないし、それとも外国の、その頃流行していた歌の曲名なのか、よく分からない。

父は音楽が大好きだった。機嫌がいいと、時々低く鼻歌を歌っていた。でも、母に言わせると、父は厳密に言って音痴なのだそうだ。

アメリカ人の教師マーガレットはチェロを弾く。今年のクリスマス・イブに聴かせてくれるはずだった。彼女はアイオワの出身で、家から十キロほど離れた所に「蝶の道」があるという。蝶が群れを作って移動する時に、きまって通る道なのだそうだ。まるで大気の中から湧いてくるように、蝶は後から後から舞ってきて、また去っていく。見ていて飽きないとも言っていた。傍でミホがにやにやしている。

「昔から、蝶は人間の霊魂の生まれ変わりだっていうよ」

「じゃあ、マーガレットの家の近くには天国につながる道があるんだ」

「さあ、天国かどうか知らないよ。案外、地獄かもしれないしさ」

嫌な事を言う。ミホは時々、すごく意地が悪くなるのだ。

ミホの知り合いの音楽仲間が集まって、クリスマス・イブに、「春風丸」の大広間でミニコンサートが開かれた。畳の上でのディナーショウみたいなもので、ハルカは思い切って父を連れていった。兄はその晩、自分が勤めている施設の子どもたちと一緒にクリスマスを過ごすことになっていた。

座椅子に凭れかかり、すっかり寛いだ父はワインに陶然となり、そのうち横になって眠ってしまった。

正直言ってマーガレットのチェロの腕前は大したことはなかったが、白鳥さんという人のフルートは本物だった。彼は五十半ばの人で、カレーと紅茶の店のマスターをしているそうだ。

その夜の圧巻は、なんといってもマジョリッタの飛び入りの独唱で、その白鳥さんのフルートとの共演だった。なかでもシューベルトのセレナーデ。夜、愛する人の窓辺で歌う甘く、切ない恋の歌だ。

「ひめやかに闇を縫う我が調べ、静けさは果てもなし、来よや、君……」

圧倒された。体格がいいだけにマジョリッタは声量が豊かで、年齢のわりにはかなり高いところまで出た。掠れそうになると笛の音が優しく助けてくれる。人の声と木管楽器の柔らかな掛け合いが美しく溶け合って、聞き手の心を夢の世界へまっすぐにいざなってくれる。と同時に、歌い手の人生に対する想いや憧れの気持ちも素直に伝わってきて、ハルカは感動して涙ぐんだ。

その人生の道の所々で、たとえば、いくつかの不幸せや過ちがあったとしても、今、このように憧れに満ちた歌を堂々と歌えるなんて、ミホのおばあちゃんは、やっぱり凄い女性だ。こんな風に年を取りたい。

彼女が歌い終わった時、みんな、しいんとして、次の瞬間、歓声と拍手が鳴り響いた。フィリピンから来たジョアンは躍り上がり、マジョリッタに抱きついて頬にキスをした。姪の淺川さんがびっくりしたような顔でそれを見ていた。

アンコールはフォスターの「金髪のジェニー」だった。マーガレットもチェロは弾かずに、英語の歌詞で低く歌った。

その晩、心地よく眠ってしまった父をアルコールを控えていた白鳥さんが車に乗せて、ミホと一緒にハルカの部屋まで運んでくれたのは、とてもありがたかった。

その晩はミホも実家に泊まっていった。彼女が明かしたところによると、マジョリッタは忙しいハルカの様子を気の毒がって見合いの話を一時棚上げにしたが、手持ちのカードは何枚もあって、その中にはあの白鳥さんも入っているらしいとにやにやする。彼はオーケストラのメンバーだったこともあるらしいが、趣味が嵩じて料理人になったという変り種。旅が好きで、よくオペラを観に海外に行くらしい。

「その間、お店はどうするの？　閉めていくの？」

「インド人のコックがいるのよ、腕のいい。その人に任せていくのよ」

三月に入り、ハルカは兄と一緒に、今度は父抜きで鈴木カオルさんに会ってみた。ミホの薦めもあり、面識もあったので、白鳥さんの店「瞑想」に集まることにした。正直いって、内心、少しためらったけれど。

風が少し冷たかったが、早い流れの雲間から時折射す日の光が思いがけず眩しかった。郊外の団地のはずれ、まだ雑木林が残っている所にその店はあった。扉を開けると七、八人の客がそれぞれの席で食事をしていた。中には子ども連れの若い夫婦もいた。目がきれいに澄んでいるインド人の青年が近付いてきて小部屋に案内してくれた。いい香りがする部屋。まだ、兄もカオルさんも着いていなかった。白鳥さんに挨拶したかったが、厨房に入っているらしかった。みんなが揃ってから注文することにして、メニューを眺めたりしていると、先ほどからずうっとインド音楽が流れていることに気が付いた。

目を瞑ると不思議に眠気がさしてきて、気が付くとハルカは髪の長いインド人の少女になって、裸足のまま大河のほとりに立っているのだ。足の裏から力強い大地のエネルギーが昇ってくる。温かい。ゆったりと流れている水面に漣《さざなみ》がきらきら、きらきらと輝き、空中に金粉が舞っている。意識が無限大に広がっていく……

「何が見える？」

目の前で白鳥さんが微笑んでいた。眉毛の中に一本だけ銀色の毛が生えて光っている。

「金色の世界」

「それはよかった」

後で考えると、なんとおかしな会話だったろう。ハルカは慌てて去年の礼を言った。カオルさんはこの前会った時より老けて、どこか疲れているようだった。兄が迎えにいって乗せてきたらしい。三人でメニューを見ながら、あれやこれやと吟味し、せっかくインドカレーの店に来たのだから、いちばん辛いのにしようと決まりかけた。「大丈夫ですか？」とタモツが訊くと、カオルさんも「はい、大丈夫です」と、いたずらっぽく笑った。

中辛にしようと言い出したのがハルカで、結局、三人ともそれに変えた。

ともかく三人で同じ冒険をしているような楽しい気持ちになれてよかった。父さんが来ていないのが、かえってよかったのかもしれない。カオルさんも同じ気持ちなのか、その日は率直に本音を言ってくれた。彼女自身は結婚相談所に登録していたわけでなく、たまたま勤め先の専務と相談所の所長が友人で、ハルカたちの父に紹介されたのだそうだ。

一年以上交際してみたが、結婚に踏み切る気持ちにはなれそうもないと言う。

「優しくて、いい方なんですけどね……」

きっと、退屈なのだろうと察しがつく。年の差がありすぎる。

父が選ぶデートの先は、きまって駅前の居酒屋。お通しもいつも同じ。何でも取りなさいと言ってはくれるが、食べたい物も別にない。

「わたし、昔、イタリアンの店で働いていましたの」

彼女の二番目の夫はコックだったが、彼との間に生まれた男の子が事故で亡くなって、彼女は連れ子の当時中学生になっていた娘と共に家を出た。

その日、三人が食べたのは、羊の肉がごろごろと入った美味しいカレーだった。中辛でよかった。それでも、口の中に入れた途端に焼け付くような辛さだった。でも、水を口に含むとなんとも言えない甘さになって残り、とても爽快だった。白鳥さんはデザートをサービスしてくれた。ヨーグルトゼリーにフルーツをいっぱい添えて出してくれたのだ。

カオルさんが化粧室に行っている間に、兄とハルカは折半して払った。カオルさんは二軒分の手土産を用意してきた。

まだ舗装していない道を横切って、赤土を削って造った駐車場にタモツは車を停めていた。ハルカもそれで送ってもらうことにした。

エンジンをかけようとして、サイドミラーが曲がっていることに気付いたタモツが、ハルカに車から降りて直してほしいと言った。

「こう？」「こうかしら？」などと試しながら、何気なく後方の席に目をやると、カオルさんが大きく口を開けてあくびをしていた。

気が付かない振りをして車に戻り、並んで座ったが、焦れば焦るほど何も思いつかなくて、ハルカはずうっと黙っていた。

その後、鈴木カオルさんと父の仲に進展はなく、会うこともなくなった。それが原因とは思いたくなかったが、父は目立って元気がなくなった。元の家には相変わらず通っているらしい。

ある日、帰宅途中の車の中で、父はだいぶ前にカオルさんに五万円貸したが、返してもらってないとタモツに訴えた。兄は「上げたと思いなさいよ」と言ったそうだ。

その頃から、父は体全体が弱ってきて、三月に一度ぐらいの割合で入院するようになった。その何日か前には、大抵、母がハルカの夢に現れて警鐘を鳴らしてくれる。

ハルカ自身は自分に特別な能力があるとは思わないが、亡くなった人は生きている人のすぐ傍にいるらしいとは感じている。しかも、個性を持って生きているらしい。証拠を挙げなさいと言われれば困ってしまうが、確かにそうなのだと信じられるふしがある。

ハルカが夢を見るのは、というか、憶えているのは、明け方のそれだった。ある朝、絵はがきのように色鮮やかな夢を見た。彼女が立っているのは高台で、眼下の足元から緑の茂みが谷底に向かって雪崩れている。その先に白く光る大きな湖があった。狭くて、人が住めそうもない小島がいくつも浮かんでいる。彼女の背後は更に高くなっていて、中腹の平らな所に、それなりの大きさの木造の家が一軒だけ建っている。縁側が開け放たれて、微かに尺八の音が聞こえてくるのだが、家の中が暗くてよく見えない。その時、ハルカは縁側に父が立ってこちらを見ているような気配を感じた。

目が覚めて時間がたっても、あの場面が鼻先にぶら下がっているようで気になって仕方がない。いずれ、父はこの世から旅立っていくのだが、落ち着く先があそこなのかと、ふと寂しくなった。

感心しない。夕暮れ時のように全体が薄暗くて、箱庭のように小さく閉ざされた世界だった。父にはふさわしくない。自由に、闊達に生きていってもらいたいので、もっと明るく広い所で、そう、草の香りや、青い空や、日の光、風の流れも欲しいのだ。または、大河か海の近くがいい。あの「瞑想」で感じた胸が膨らむような、宇宙大に意識が広がっていくような所がいい。

一心に、父に呼び掛ける。「お父さん、まだ逝ってはだめだからね。地球大好きでいてね」

その頃、父は、本当にいろいろな病気をした。肺の機能が衰えて心臓に水が溜まったり、泌尿器科で手術を受けたり、本人も苦しかったろうが周りも大変だった。

特に困ったのは、足の甲の皮膚に出来た悪性の腫瘍を切り取って、腿の皮膚を移植した時だった。麻酔薬の後遺症で一時的に人格が変わってしまったのだ。気に入らない付添い人には枕を投げつけたりして部屋に入れないようにする。

ハルカが付き添った時は、とろんとした目で何十分も機嫌よく喋りつづけ、でも、さすがに疲れたのか、「はい、それでは、今日の会議はこれで終わりにしましょう。みなさん、これから一杯やりに行きましょう」と楽しいのだ。

ためしに、ふざけて、ハルカが自分の顔を指差して「この人は誰ですか」と訊くと、まじまじと眺めた後、「宴会部長」という答えが返ってきた。

こういう傾向は退院してからも何か月か続いて、兄の家族はへとへとに疲れてしまった。夜と昼が逆転して、深夜に大声を出して家中の者を起こしてまわるのだ。怒るわけにもいかない。本人は意識してやっているわけではないのだから。

この時期が、一族にとって、いちばんの、言ってみれば大試練の時だった。

だが、その後再び、父は不死鳥のように復活した。顔付きも穏やかになり、ただ、脳のある部分に薄い膜がかかったようになって、昔の事ばかり懐かしそうに話すのだ。

例えばこんな風だった。昔の教員の給料額は全国一律ではなかったので、少しでも高い所がいいと、転勤も全国規模で動いた。若い時、祖父は家族を連れて九州まで引っ越していったそうだ。長い汽車の旅の道中、貧乏だったので食べ物を節約せざるを得なかった。父を頭に三人の兄弟たちは空腹で愚図った。

「あの時のおふくろは、困ったと思うな」

その時の祖父の赴任先は博多湾のすぐ近くだったので、親子で日がな一日釣りをしたこともあったという。

そして、出てきたのは何十年も前に亡くなった、ハルカたちの実母の名前。体が弱いので無理はさせないようにと医者に釘を刺されていたのに、次の子どもが出来てしまった。

可哀想なことをしてしまった、と言って涙ぐむのだ。

聞いているうちに、ハルカは、もしかしたら、自分もこの世に誕生していなかったかもしれないと、ふと思った。あれ程世話になった二番目の妻のことは一切口に出さなくなった父を見て、育ててくれた母に本当に申し訳ないとも思う。あちらからは、こちらが見えているはずだから、母は苦笑いして、「しょうがないねえ、お父さんは」と言っているかもしれない。

ミホのおばあちゃんが素晴らしいコメントをしてくれた。

「お父さんは、胸の中にあるものを全部出して、早く消してしまいたいんだよ。軽くなればなっただけ、天から光が入ってくるからね」

「じゃあ、二番目の母のことは、父の中ではもう解決ずみなんですか」

「きっとそうだ。光に変わってしまったんだ。成仏したんだね。お父さんにはそれが分かるんだよ、きっと。……いい夫婦だね」

イルカの形をした雲がすごい勢いで西風に吹き飛ばされ、東の方向に走っていく。尻尾に当たる部分が、それでも形を保ってぴんと跳ね上がり、薄青い空の大海にたった一頭で泳いでいる。

四月に入って暖かな日が続いていた。でも、今日は風がめっぽう強い。成層圏のはるかかなたから降り注ぐ光の粒子が気まぐれな風に翻弄され、戸惑ってでもいるような不安気な様子だ。何か変わった事が起こったとしても、こういう日は誰でも大して不思議に思わないかもしれない。へんな予感がはたらく日。一体、何が起こるのだろう。でも、平気。何かが起こったとしたら、それは、きっと、何かの始まりに違いない。

春休み、最後の日、ハルカはそんな勇ましい気分になっていた。父の尺八を風呂敷に包んで家を出た。

先月、父が他界した。それも突然に。

あの後、父の足腰がしだいに利かなくなり、とうとう立てなくなってベッドの上で約二年間を過ごした。長くて短い二年だった。

父がどうしても元の家に住みたいというので、家族みんなで相談して、父の貯えを取り崩してでも最高に快適に過ごしてもらおうと決めて付き添い人を頼んだ。夜はタモツとその家族、ハルカ、ソヨギまでやってきて交替で泊まった。

正直言って、泊まった翌日は頭がぼうっとして仕事の能率が上がらなかった。

深夜になると、父はさまざまな幻を見るらしかった。多分、父はあちらの世界に行っては戻ってくるのだろうとハルカは察した。

鳥が巣を作る前に、あちらの枝こちらの枝と探し回っているのに似ていた。

とにかく最終的に、父が明るくて住み心地のいい所へ行けますようにと、前にも増して祈りを深めた。これが今の自分が父にして上げられる最高の事だと信じたから。

そして、その時がきたら朗らかに旅立ってほしかった。

マジョリッタが骨を折って、いい付き添い人を紹介してくれたし、看護師の資格を持っていた淺川さんも時々付き添ってくれた。

ある日、ハルカが職場から直行してみると、父のベッドの傍らに白鳥さんが座っていた。

元々、お客が大好きな父は、久し振りの男性の見舞客に上機嫌で、梅酒にワインをブレンドした甘い酒を白鳥さんにも勧め、自分も舐めながら、尺八を習い始めた頃の話をしていた。今ではもう、父は息切れがひどくて、好きな尺八も吹けなくなっていた。夕食に美味しいものを取って上げなさいとハルカは言われたが、店が忙しくなるので、また来ますからと約束して白鳥さんは帰っていった。

彼が帰った後、父はしばらく考え込んでいたが、三本ある尺八のうち一番いいのを彼に後で上げてくれと言った。

「いい人だ。ぼく、ああいう人が好きだなあ」

それから数日間、父はとても機嫌がよかった。

父が寝ているのは日本間で、頭の方に縁側、その先に庭が広がっていた。昼寝から覚めた時、ベッドの上からでも戸外が見られるようにと、付き添いの小母さんが鏡台から外した大きな鏡を立て掛けてくれた。

真向かいの家の改築が始まった時、父が煩いと腹を立てたら、この小母さんは庭の草木を紐で縛って隙間を開け、働いている大工さんたちの姿がその鏡の中に映るように工夫してくれた。父はそれ以後、黙って鏡の中を見つめていた。

一月の半ば、職場では来年度の異動についての個人個人の希望調書を提出させられたが、ハルカは一年間の休職を願い出ようか、どうしようかと迷った。

いろいろリスクがあるのは目に見えていた。一年後に希望しても、同じ職場には復帰できないだろう。

休職の理由は「父の介護のため」と、もっともらしいが、そればかりでないのはハルカ自身が一番よく知っていた。教員になりたての頃のあの情熱を失っていた。毎日の仕事に嫌気がさしていた。しばらく距離をおいて自分と周りを見つめ直してみたかった。けれど、上司に相談した結果思いとどまった。決して逃げてはいけないんだ。

三月弥生、ものみな元気になる季節になったというのに、間もなく、父は食べ物に全く興味を示さなくなった。飲み物も、水さえも受け付けなくなったので、薬を飲んでもらうのも大変なのだ。目に光が無くなり、極度の脱水状態に陥ったので、点滴をするために明日は入院と決定した。

その夜、ハルカはいったん帰宅することにしてタクシーを呼んだ。

「お父さん、大儀そうに目を開けて微かに手を振った。

父は、大儀そうに目を開けて微かに手を振った。

部屋に帰って入浴し終わり横になりかけたが、その時ハルカの直感が働いた。

がばと起き上がり、父の幸せを、祈って、祈って、祈った。

突然、父の魂が光そのものになって、飛翔が始まったのを感じた。

直後、その晩、付き添っていてくれた淺川さんから電話が入った。

兄が言った。

「病院嫌いの親父、逃げ出しちゃった」

そして、声を上げて泣いた。

イルカの形の雲をしばらく眺めた後、ハルカは三十分ほどバスに乗って「瞑想」に向かった。父の遺品の尺八を白鳥さんに届ける事と、ミホから、マーガレットの引越しを手伝った時の様子を聞くためだった。

マーガレットは知人の紹介で、東京の私立の大学で英米文学の講師として働くことになり、ミホたち数人が荷物の整理を手伝いにいったが、父の葬儀の直後だったのでハルカは遠慮した。

「瞑想」は今日、定休日。

ものもらいが出来たとかで眼帯をして、片目の白鳥さんはビーフシチューを作って待っていてくれた。

黄金色の水仙が白い磁器の花瓶にどっさり活けてある。それを見て、ハルカはワーズワースの「水仙」という詩を思い出した。「谷や丘を越え、流れゆく雲のように、わたしは独り淋しくさまよっていた……」

「I wandered ……」

そうだ、ハルカはこの詩で「wander……さまよう」という英単語を憶えたのだ。この後、詩人は突然、湖の岸辺に自生し、風に吹かれて躍っている夥《おびただ》しい水仙の群れを見つけて元気をいっぱいもらうのだ。

ミホの到着が遅れていた。お母さんをやっているのかもしれない。彼女は今、小学生の子持ちの男性と暮らしていた。その子の話をする時、本当にうれしそうなのだ。信じられなかった。

待っている間、白鳥さんは紅茶を淹れてくれた。ほんの少し、オレンジキュラソーを垂らしてもらった。少しだったのは、ハルカがアルコールは駄目だと言ったからだ。

「アルコールの分解酵素の遺伝子を父から貰ってないみたい。姉も兄も飲めるのに」

その日、ハルカは父が若い頃使った「浪漫的英詩集」の中のメモ「mellow river」の話を初めてした。

白鳥さんは黙って聞いていたが、突然、言った。

「それ、酒のことじゃないかな」

彼の解釈によれば、ビールとか、ワインとか、日本酒。その頃の大学生の間に流行っていた隠語のようなものではないかというのだ。

「きみのお父さん、若い頃から仲間と朗らかに酌み交わしていたのさ。なにしろ大正デモクラシー時代だろ。大いに青春を謳歌していたのさ」

どこか、羨ましそうな口ぶりだった。

そう言えば、浴びるほど飲むタイプではなかったが、父はお酒がとても好きだった。母に叱られると、「気付け薬だよ」などと弁解して、自分でレコードを掛け、音痴の声を張り上げていた。最晩年には安いワインを買ってこさせ、梅酒と混ぜて、甘く飲み易くしてちびりちびりとやっていた。どの家のお爺さんもあんな飲み方をするんだろうか。聞いたことがない。

「ほがらか川」……ひょっとして、どこかにそんな銘柄の日本酒があったりして……いや、父の人生そのものが「ほがらか川」のようなものだった。いろいろ悲しい事もあったけれど。九十歳までよく泳ぎ切ってくれた。偉かったね、お父さん。ありがとう。

懐かしくて、急に泣きたくなった。

あのオレンジキュラソーが今になってきいてきたようだ。

気が付くと、片目の白鳥さんが覗き込んでいる。

「きみ、泣き上戸だったの？」

金色の、明るく、強く光る目だった。

突然、姉の言葉が甦った。ハルカの記憶にはない記憶。

何十年も前に祖母の家の裏木戸を開けて入ってきた、眼帯をした若い男。

「その人、いきなり、あんたを抱っこしたのよ」

……まさか、そんな筈はない、同じ人の筈がない。でも、ハルカの知らないところで、ずうっと見守っていてくれていた優しい目があったとしたら……そうなの？……あなたがそうなの？……胸をどきどきさせ、半ば茫然となりながら、ハルカは不思議な微笑を湛えている白鳥さんの顔を見上げていた。

頌歌　北上川

A　水めぐり命めぐる

雷に打たれた千年杉のなごりが
大地に立っている
トーテムポールのようにすっくと立っている
木は聞いている　じっと聞いている
風が吹く音　草の葉のそよぎ　雪が降る音
洞《うろ》になった幹の中には
まだ　いい香りも残っていて
ほっかりと暖かい
小さな生き物たちもやってくる
丸く開いた天井の窓から
雪が明るく舞い落ちる

おや　水の音がするよ
ここはみちのく御堂《みどう》の里
北の大地を潤した雨が　雪が
伏流水となって地表に湧き出る所
弓弭《ゆはず》の泉
いにしえ人が日高見の川と名づけた
大河の源　聖なる場所
大杉の根元が祠《ほこら》のように穿《うが》たれ
寄り添う山桜の根もからみ合って
柔らかな土の中から　水の雫がしたたり落ちる
緑の苔が抱き止め　羊歯《しだ》の葉も揺れる
清々しい大気の中
川のみどりごは大きく伸びをして
ゆっくりと山を下りはじめる

青空の自由に憧れ　はるかな地平線をめざして
長い旅がはじまる

水そのものに色はなく
限りなく透明で　無邪気で　いつも陽気に歌っている
まぶしい日の光を反射させ　さまざまな色と遊びながら
よどんだり　早瀬になったり　滝になったり
渦を巻いたり　目まぐるしい
せせらぎを響かせて
朗らかに流れていく

川は成長する
奥羽の山々や北上の高地から　いくつもの流れが加わって
川幅を広げ　川床を削り
生き物たちを住まわせ

肥沃な大地をつくりながら
北から南へ滔《とう》々と流れ下る
恵みの川のほとりに　村ができる　町ができる

ある日　途方もない破壊のエネルギーが
南の海からやってきた
下流に降った夥しい雨　牙をむく嵐
悲劇の幕開け
行き場を失った川は
困惑する　苦しむ　悶える
際限もなく広がり　あらゆるものを呑みつくし
見渡すかぎり　泥の海となる

これは戦い？
水の粒子に刻まれた微かな記憶がよみがえる

いにしえの戦いのありさま
都からの侵略者たちを迎え撃つ
アテルイの軍隊の雄たけび
家や森を焼きつくす紅蓮《ぐれん》の炎
人や馬の血潮で川は赤く染まった

川は慟哭する
「わたしは破壊を好まない
わたしの願いは平和と調和
川は本来すべてを受け入れ
すべての命をいとおしむ
天にみなぎり　地から湧く命のエネルギーを交流させるもの」

啓示を受けて人々が立ち上がる
川は楽器のようなもの

弾き手によっていくらでもいい音が出る
水と語り　水と折り合い
水の新しい道を切り拓く
日を重ね　月を重ね
自然と文明が見事なハーモニーを奏でる
水草が揺らぎ　小魚が躍る
空に雲があるように　水の上には舟が行き交う
田毎に映る月の影
川べりの草を食《は》む羊の背中に遊ぶ風
祭りの花火が水面《みなも》を飾り
収穫の喜びに人々は沸き返る

秋の暮れ　山もみじが散る
落ち葉がにおう　落ち葉がつぶやく
すべては赦し　赦されて

水に流れる　水に溶ける
還るべき所　それは空
すべてを水に託して
海へ流れる
天に昇る
ふたたび　この水の星に生まれることを夢みて

水めぐり　命めぐる
永久《とわ》に流れる　輝かしき大河
北上川

B　川のほとりで

ふるさとの川のほとりで　わたしは思う
川はすべてを知っている

山のこと　さかなのこと　雲のこと
建ったばかりの家のにおい
アイスクリームのいちご味
自転車に初めて乗れたあの日のこと
友達と隠れて吸ったたばこの煙
家出した猫のミューの今の居場所
でも　川は黙って悠々と流れている

橋の上に立って川を見ている
ゆうべ映った満月の影はすでに砕け
わたしは　ただ　苦い涙をこぼすしかない
川は黙って受け止めてくれた
そのまま悠々とはてしなく流れていった
そうだ　川が川であるように
わたしは　わたしでありつづけよう

港から出航の汽笛が聞こえる
海原《うなばら》のにおいがする

川のほとりで草笛を鳴らす
遠い日の母の子守唄
無償の愛の深さに　わたしの胸はふるえる
父が昔そうしたように
わたしも子どもたちに　さまざまな話を聞かせて上げよう
葦原の上を風が渡っていく
せきれいが囀《さえず》る　風が光る
銀河まで届くかもしれない
わたしの中を流れていく川

注

北上川＝青森との県境の山中に発し、岩手県を縦断し、宮城県の下流から二手に分かれて太平洋に注いでいる東北地方の大河。全長二四九キロメートル。流域面積は一〇、一五〇平方キロメートル。約一四〇万人の人々の生活を潤し、また、多くの動植物を育んでいる。

アテルイ＝阿弖流為。八世紀に、現在の岩手県水沢地方に実在した蝦夷族《えみしぞく》の英雄。平安律令政府の東北征服の戦略に抵抗し、後に捕らえられた。征夷大将軍だった坂上田村麻呂《さかのうえのたむらまろ》はその武勇と器量を惜しみ、助命嘆願したが、大和朝廷によって京都で処刑された。

聖家族教会《サグラダ・ファミリア》

夏の星座

いたどりの茎がどんどん伸びて、今年もまた白い花をいっぱいに咲かせる季節が近付いてきた。ただの雑草のようにも見えるが、何年か前、祖母がわざわざどこからか見付けてきて裏庭に植えたものだった。根が漢方薬として使われるのだそうだ。利尿剤、健胃剤。体が弱かった孫の純のために、祖母は祈るような気持ちで植えてみたのだろうが、実際は一度も薬として使われたことはなかった。

翠《みどり》の弟の純は去年の秋、裏庭のこの花が群がる傍で仰向けになって事切れていた。心不全だった。純の顔に苦しみの跡の見られなかった事だけが、せめてもの救いだった。

その日は朝から妙に蒸し暑い日で、図書館から帰ってくる時に地下鉄のホームや通路や階段が、湿気で黒く変色していたのを翠ははっきりと憶えている。

純は生まれつき汗腺が極端に少なくて、自力で体温調節がうまく出来なかった。幼稚園でも学校でも、暑い日には保健の先生や、学級担任の先生方が濡れたタオルを背中に当てて体を冷やしてくれたりした。彼は素直で優しい子だったので、周囲のだれもが大切にしてくれた。みんなからいっぱい可愛がってもらって、でも、純は十四歳で死んでしまった。

たったの十四歳で。

祖母がよく言う。

「起きてしまった事をすべて良しとして乗り越えなければ、この世の中はやっていけない」

それは確かにそうかもしれない。でも、それって負け惜しみじゃないの。悲しい時は誰に何と言われようと悲しくて堪らない。泣きたい。それが普通だ。

翠が四歳の時に母親が亡くなった。

今度は弟。

大切な人がいなくなる度に、翠はこの世のあらゆる存在が陽炎のように消えてしまいそうで、今に、自分まで消えてしまいそうで、不安でたまらなくなる。

今度もそうだった。来る日も来る日も涙がひとりでに溢れて流れた。お祖母ちゃんは偉い。特別な人だ。わたしは、まだそんなに悟り切れない普通の人間だ。

めそめそしている翠に活を入れてくれたのは、やっぱり父だった。

翠の父は、今、スイスに在住している。世界的に有名なホテル専門学校の教官をしている。息子の突然の訃報に慌ただしく帰国して弔いの儀式をすませ、一旦は戻っていったが、半月ほどして再び帰国した。

ある晩、翠は父に呼ばれ、これから毎日鏡の前に座って、自分で最高と思う笑顔を作るように努力しなさいと言われた。

「これは案外難しい事だ。だが、試してみる価値はあるよ。いい笑顔はね、規則正しい生活をして心身健康でなければ出来ない。笑顔は他人を喜ばせるが、何といっても自分が一番幸せになれる方法なんだ」

また、こうも言った。

「人間は、言ってみれば旅人のようなものだな。この世界での働きが終われば、次の世界に旅立っていかなければならない。ここに存在した時間が長いとか短いとかには関係ないんだよ……純は行かなければならなかったんだ。残念だけれどね……こういう事は誰にも止められないんだ。考えてごらん。お前には、お前の人生があるんだよ。責任を果たしなさい」

「わたしの人生?　わたしの責任?」

翠は小さく呟いた。どうしたらいいのだろう。わたしはこの先どうしたらいいか、まだ何も決めていない。

「焦ることはない。今、いちばん好きなことを一生懸命やればいいんだ。お前は小さい時から本を読むのが大好きだったね。よくお話も作って聞かせてくれた。面白かったよ。きっと、そんなところから何かが見えてくるはずだよ」

父の言葉には何かしら強い説得力があった。父自身が二十代で妻を亡くすという大きな試練を乗り越えてきたのだから。今度はまた、純の死が父にも大きな痛手になっていることを翠も分かっている。顔を見れば分かる。お父さんも苦しい思いを我慢しているんだと思うと、自分の悲しみも少しは引いていくような気がした。

「あのね、お父さん」

「うん?」

「お父さん、今度はいつ帰ってきてくれる?」

本当は縋り付きたいほど甘えたかったのだ。もっと小さなうちだったら、きっと、そうしたかもしれない。

父は少し考えていたが、クリスマスにはきっと帰ってくるから元気を出しなさいと言って、優しい笑顔になった。

その約束を父は守ってくれた。

そして、そのクリスマス休暇の折には、翠の幼稚園からの友達など親しい三人を招いて、賑やかなパーティをした。その中の一人、坂元日出男は翠の父に何か相談して最後に帰っていった。

翠は弟との思い出をひとまず封印した。思い出すのならよい事だけ、楽しかった事だけにしよう。そうきっぱりと決心して受験勉強に励んで、今年の春大学の文学部日本文学科に合格できた。


再び、夏がめぐってきた。

きょうはとびっきりの上天気。朝から雲一つない青空から太陽が容赦なく照り付けている。火照った顔を翠はまた洗いにいく。これで何度目だろう。さっぱりしたところで着替えにかかった。

スカートの裏地が汗ばんだ太ももの肌にへばり付いて一瞬ひんやりと気持ち悪かった。

思わず笑ってしまう。ペチコートを穿かずにスカートに足を突っ込んでしまったのだ。こんな事ってあるだろうか。しばらくジーンズばかり穿いていたので、スカートの扱い方を忘れかけていたみたい。もう一度やり直しだ。

お葬式にジーンズを穿いていくというのは、やっぱり憚られた。特にきょうは小学校の時の校長先生の告別式だった。校長先生は去年、長年教育界に尽くした功績で国家から表彰されたので、ひょっとしたら偉い人たちが出席するかもしれなかった。それに翠の祖母も友人として参列したいと言っていたし、へんな恰好をしていって後で叱られてもつまらない。といって、あまりの暑さに黒い服はどうしても着る気になれない。濃いブルーのスカートと一部レース付きの白いブラウスで勘弁してもらうことにした。このスカートは気に入っている。父が、祖母と叔母に見立ててもらって、翠の大学合格のお祝いとして、この春に買ってくれたものだった。絹地で、着る時に確かな手応えを感じてよそ行きの気持ちになる。布地がたっぷりと使ってあって、座ると裾の線が畳の上に正しい円を描くのだ。これを着るのはきょうで二回目。上着もあるがあいにく長袖だった。

久し振りに外出向きの恰好をしたので、何かしら気分がハイになる。とてもお葬式に行くような気分ではないのだ。それに夏休みに入ったばかりだったので、まだどこへも出かけていなかった。空は晴れているし帰りにどこかに寄ってきてもいいな。木綿子《ゆうこ》にメールした。

「クルマ　ヨロシクネ」

葬儀は、というより「お別れの会」はプロテスタントの教会で行われた。何人もの教え子たちも集まり、ちょっとした同窓会みたいなものになった。こういう時にはどういう訳か、お互いに幼い頃の顔が二重写しになってしまって、ふだんはすっかり忘れてしまっているることがどんどん思い出されてくる。久し振りに会った日出男も元気だったが、少し眠そうな顔をして大人しくしていた。彼ときたら亡くなった校長先生には人一倍お世話をかけたほうだ。ヒデと呼ばれて昔も今もみんなに人気があったが、小学校、中学校を通して悪戯ばかりしていた。よく保護者の叔父さんが校長室に呼ばれていた。万引きとかはやらない。喧嘩、教室の中での悪戯。それに彼は他校の女の子に持て過ぎてトラブルが起きた。特別美少年という訳でもないが、目に力があり、彼の決して相手から逸《そ》らさない強い目に見つめられると、たいていの女子は錯覚を起こすらしい。でも、自分の方から誘いをかけて相手の心を踏みにじったり、裏切ったりはしなかった。どうも彼の悪戯には節度があるようだった。翠の父に言わせると、両親とか彼を取り巻く大人たちが彼をしっかり育ててくれたらしい。そして、高校に入ると人が変わったように真面目になった。体操部に入って猛練習をして、県代表としてインターハイに出て全国で二位になった。

彼は小学校三年生の終わり頃、転校生としてやってきた。不機嫌な顔をして、いつも単独で行動していた。九州の小倉で工場を経営していた父親が亡くなった。その後に母親も亡くなって、仙台の母方の叔父さんとお祖母さんに引き取られたらしい。初めは遠巻きにしていた連中も、しだいに彼と友達になりたがった。彼にはどういう訳か不思議な魅力があったのだ。

昔、翠はこの日出男と一回きりだが大喧嘩したことがある。普通より一年遅れて小学校に入学したばかりの体の弱い弟を気遣って教室まで様子を見に行ったら、純は誰かに転ばされて膝から血を流して廊下で泣いていた。たまたま通りがかっただけの日出男を、翠は犯人だと勘違いして食って掛かった挙句、抗議する彼をいきなり小突いたのだ。そして、弟を抱きしめながら自分も座り込んで泣いてしまった。話題の男子に暴力を振るうなんて大胆な事がどうして出来たのだろう。今考えると不思議だった。心も体も弱虫で、めそめそ泣いてばかりいる弟を日頃は不甲斐なく思っていたのだが、他人に苛められたとなったら話は別なのだ。日出男はぽかんとして突っ立っていた。翠は先生に呼ばれて職員室で叱られ、日出男の教室に謝りにいった。心配して、仲良しの木綿子が付いてきてくれた。

「あの時のお前、凄かったよな、な」

と、その後何度か日出男にからかわれた。

それ以来、日出男は純をとても可愛がって、家にも来て遊んでくれた。弟は彼のお蔭で、しだいに男の子らしくなり、泣き虫でなくなっていった。

去年の秋、弟が急死した時、日出男は真っ先に駆けつけて、歯を喰いしばりながら大粒の涙を零していた。それから初七日がすむまでほとんど毎日やってきて手伝ってくれた。元々、男手が足りない翠の家では大助かりだった。

弟の時に比べれば、きょうの「お別れの会」は悲しい部類に全く入らない。場所が寺でなくて教会ということもあった。校長先生は音楽教育の優れた指導者だったので、音楽葬のようになった。讃美歌の他にいろいろな曲が流されて式は進められた。演出がうまくて全体の流れがとても自然だった。先生に指導されていた一般人の合唱団員も聖歌隊に加わって混声の大合唱を聴かせてくれたりした。花々に囲まれた写真の中で校長先生もさぞかし満足だったろう。ただ、会場の中があまりにも冷房が効き過ぎて、薄着の翠はがたがた震えそうだった。つくづくあの裏地付きの絹の上着を持ってくればよかったと後悔した。

教会から出たとたん太陽の強い光に目がくらくらしたが、冷え切った体にはその暑さが逆に救いになった。

「飲んで」

自販機から缶コーヒーを二本買って、傍らの日出男にも渡した。

「たまに遊びに来て。お祖母ちゃんも叔母ちゃんも待ってるよ」

「ふうん。それで、お前はどうなんだ?」

一瞬怯《ひる》んだ。彼の口からこんな軽口が飛び出すとは予想もしていなかった。彼の目はくるりくるりと悪戯っぽく動いて口元が笑いかけている。でも、翠はなぜか心臓がどきどきしてきた。

「そりゃ待ってるよ。日出ちゃんが来ると楽しいんだもの。ね、トランプ、またしようよ。お祖母ちゃん、この頃、神経衰弱をしないから記憶力が衰えてきたってぼやいてるよ」

「そうか。そのうち必ず行くから、練習しておけって伝えておいてくれ」

「忙しいんだね」

「うん、まあな」

翠と親友の木綿子、彼女と昔からペアを組んでいる楠男、そして日出男と四人してどこかに行こうということになったが、あまり遠くには行けそうもない。日出男には夕方からのアルバイトが待っているらしい。彼は今、実入りのいい飲食店で掛け持ちで働いていた。さんざん世話を掛けた叔父さんに少しでも恩返しをしたいらしい。高校在学中にいくつかの大学から運動での推薦入学の誘いがあったが、すべて断わった。スポーツの方は断念し、自分である程度の学費を貯めてから、どこかに進学するつもりらしい。

「きょうはプラネタリウムに行こうか」

と、木綿子が提案した。

彼女は子供の頃から星に夢中でとても詳しい。どこかに隕石が落ちたと聞くと目の色を変えてすっ飛んでいく。それとは逆に楠男は考古学専門で土の中に関心がある。この組み合わせの妙に翠は感心する。

「天文台は静かだし、涼しいし、昼寝もできるよ」

確かにさっきまであんなに冷えていたのに、もう顔も体も暑さに辟易《へきえき》しかけていた。

他に思いつかないままプラネタリウムに決まって、楠男のポンコツ車にみんなして乗り込む。これが暑い。クーラーが付いていないので蒸し風呂のようだ。窓を思いっ切り開ける。走り出すと、心地よい風が入ってきて、みんな目を細めた。

「あの公園に、うまい団子屋があったよな」

「うん、あった、あった」

どうやら男どもは宇宙の神秘よりも食べる方に気持ちが向いているようだ。

天文台は街の中を流れる大きな川を見下ろす公園の奥にあって、その近辺に老舗の団子屋があった。いつも搗き立ての餅料理も出してくれる。よしず張りの茶店風にして、この季節には、心太《ところてん》などもメニューに入っていた。

ところが、

「ありゃ、休みじゃないのか。閉まってるみたいだぞ」

「うっそー」

一同が車から降りて木立の間から目を凝らすと、間口の広い、その田舎家風の建物の周りは妙に閑散としていて、どうやら定休日のようだった。

「ついてねえなあ」

「おれ、カレー食いたかったんだ」

「あそこに、カレーあったっけ?」

「あったよ。美味しいんだ」

「ヒデ、昼飯食ってこなかったのか」

「うん」

彼はきっと早朝まで仕事をして、出発ぎりぎりまで寝ていたのだろう。来た時には目が少し腫れぼったかった。

天文台の丸屋根が強い日差しを受けて白く輝いている。

「天文台って、どこも同じ恰好してるね。遠くからでもすぐ分かる」

「あの丸屋根が開くんだよ。あそこに天体望遠鏡が置いてあるんだ」

ふと、翠は、弟が木綿子の案内で、あそこの天体望遠鏡を覗かせてもらったことがあるのを思い出した。市民向けの七夕の夜のイベントだった。帰ってきて興奮して喋りまくっていた弟の様子を思い出す。夏の暑さに弱い彼も、夜は生き生きと過ごしていた。

公園のベンチに腰掛けて近くの店から買ってきたソース焼きそばを食べてから、四人はプラネタリウムに入った。映画館の入場料よりはずっと安かった。

席に着いて間もなく日出男は寝息を立てはじめた。そして更に楠男も。翠と木綿子は顔を見合わせて肩を竦めた。

八月の企画はもちろん「夏の星座」。深くて青い天球儀に銀河がゆったりと流れ、蠍《さそり》座、天秤座、白鳥座、冠座、蛇使い座などが映し出された。それに解説が入る。

蠍の心臓アンタレスは赤く燃えていて一目で分かる。仰向いて眺めているうちに翠は、自分も人間でなくなって星の一つになり、星が別の星を眺めているような錯覚を覚えた。

純は宮沢賢治の童話の中でも「銀河鉄道の夜」が気に入って何回も読んでいた。子どもだったのでどこまで理解できていたかは分からないけれど。あれはジョバンニという孤独な少年と、たった一人の親友カムパネルラの悲しい別れの物語。カンパネルラは溺れかけた別の友人を救おうと、川に入って水死する。その頃ジョバンニはカンパネルラと夜空を走る汽車に乗って一緒に旅をする幻影を見ていたのだ。

……「あれは何の火だろう。あんな赤く光る火は何を燃やせばできるんだろう」

ジョバンニが言いました。

「さそりの火だな」

カムパネルラが、また地図と首っ引きして答えました……

あの物語の中では蠍座の赤い星アンタレスの由来はこうなのだ。

……大昔、一匹の蠍が空腹の鼬《いたち》に食べられそうになって必死になって逃げまわっているうちに誤って深い井戸に落ちてしまった。溺れて死ぬしかない。その時になって彼は、今まで食い殺してきた数多くの虫たちの恐怖と絶望感を味合う。そして、今ここでどうせ命を落とすのなら、あの空腹の鼬に最初からこの命をくれてやったらよかったのにとまで考える。もしこの次にそういう機会があったら、この体をみんなの幸せのためにどうぞお使いくださいと心から願う。そうして蠍は死んだが、神の恩寵で夜空を照らす美しい光となったのだった……

純は読書が好きで、翠の本棚にあった本を片っ端から読んでいた。翠より四歳年下だというのに、そんな事を感じさせない、対等に話せる子だった。発想が豊かで話していて全然退屈しなかった。彼は好奇心に溢れていた。一時、手打ちラーメンを作る職人になりたくて、大きくなったら近所の中華料理店の小父さんに弟子入りするんだと本気で言っていた。次に憧れたのは映画の特撮技師。「ロード・オブ・ザ・リング」の公式メイキングブックを父に買ってもらって、食い入るように眺めていた。

本当は思い出したくないのに。いつもは記憶の底に閉じ込めておこうと一生懸命努力しているのに。今日はいったいどうしたというのだろう。あの、映画のメイキングブックを見ていた時の彼の幸せそうな表情が忘れられないのだ。急に胸に迫ってきて思わず涙が溢れた。

考えてみれば不思議な縁だった。翠にとって純は本当の弟ではなかった。赤ん坊の時に車庫で待機していた市営バスの座席に放置されていたそうだ。間もなく母親は見つかったが、心臓の病気でその母親もすぐに亡くなった。父親の所在は最後まで分からなかった。育児院の院長をしている翠の祖母が翠の父と相談して、同じ系列の乳児院から引き継いで、最終的に宮本家の養子にした。一人っ子の翠に弟を作ってくれたのだ。

彼は初めから発育状態が良くなくて育てるのに手がかかる子だったが、その分、聡明で性格もよかった。あまりにも聞き分けがよ過ぎて、姉としてはかえってもの足りなく、いらいらしたことさえある。たまにからかったり、意地悪もしたりした。でも本当はとても可愛いい弟だった。こんなに早く死ぬなんて。残された姉さんが、今、どんな想いでいるか分かってくれる?

……ジョバンニはああと深く息をしました。「カムパネルラ、また、ぼくたち二人きりになったね、どこまでもどこまでも、一緒に行こう。ぼくは、もう、あの蠍のように本当にみんなの幸せのためならば、僕の体なんかひゃっぺん焼かれてもかまわない」「うん。ぼくだってそうだ」カムパネルラの目にはきれいな涙が浮かんでいました……「カムパネルラ、僕たち一緒に行こうね」ジョバンニがこう言いながら振り返ってみましたら、その今までカムパネルラの座っていた席に、もうカムパネルラの形は見えず、ただ黒いビロードばかり光っていました。ジョバンニはまるで鉄砲丸《だま》のように立ち上がりました。そして、だれにも聞こえないように窓の外へ体を乗り出して力いっぱい、はげしく胸を打って叫び、それからもう喉いっぱい泣きだしました。もうそこらがいっぺんに真っ暗になったように思いました……

翠は今でも弟の部屋に独りでは入れないのだ。特に日が暮れてからは。彼は夕暮れが大好きでよく明りもつけないで、赤く燃えている夕焼けの空をベランダから眺めていた。彼の机の上には未完成の帆船の模型が置いてある。地図帳も置いてある。博物館の売店で買った支倉常長《はせくらつねなが》の小さな肖像画も銀色のレリーフを施した額縁に入れて飾ってある。

おととし、翠は父と弟と一緒に車で石巻まで行き、サン・ファン・バウティスタ号の復元船を見てきた。三本のマストを屹立させ、海上に浮かんでいる木造の帆船は美しかった。

四百年も前に、仙台藩主伊達政宗の命令で、支倉常長以下百八十名余りの一行は、この船で太平洋の荒波を乗り切りメキシコにまで達し、次に大西洋を越えてスペインやローマにまで行ったのだ。帰ってくるまで七年もかかったそうだ。翠たちが見学に行った日は暑かったが、夜になっても純が熱を出さなかったのには家中が安堵した。父が運転する車の中は涼しかったし、久し振りの親子水入らずの遠出で満足したのだろう。潮風に吹かれて彼は目を細め、

「ぼくは基本的に、山よりは海が好きなんだな」

などと、大人ぶった口をきいたりして父と翠を笑わせてくれた。

出発から七年たって常長たちが帰国した時には、日本ではもうキリスト教が禁止され弾圧を受けていた。その後の常長たちはどうなったのだろう。どんな思いで日々を過ごしていたのだろう。それは弟でなくても気になるところだが、何事もおろそかに出来ない純の胸の中には課題としてずっと燻《くすぶ》っていたようだ。政宗は幕府の手前、苦労して帰国した常長にすぐには会わなかった。やがて一年もしないうちに常長は病死した。いつか博物館で当時のローマで描かれたという支倉常長の肖像画を見たが、俗世を超えた、はるかな天上の世界を見ているような静かで穏やかな表情をしていた。あの時、純はその前からなかな

か動こうとしなかった。その日彼は売店で常長の小さな複製画を買ったのだった。

純はまた別の日にこうも言った。

「常長はね、大きな赦しの心を持っていた人だと思うよ」

「夏の星座」を仰ぎながら翠は思いをめぐらせた。弟の死はいかにも急なように見えるが、きっと何か前兆があったに違いない。少なくとも本人は息苦しいとか、心臓が痛いとか、何か気が付いていたに違いないのだ。敏感な彼のことだから自分の死期を悟っていたかもしれない。怖くなかった？　言ってくれればよかったのに。でも言ってもらったとしても、きっとわたしは何にもして上げられなかったよね。ごめんね。

定期的に病院には行って診てもらっていたが、ある時期からだんだん元気がなくなり、顔が小さくなっていった。家に引き取られてきた頃の、愛らしく、でも弱々しかった幼児期の面影と重なって、おやっと思う時もあったが、家族全員が彼の容態を軽く見ていたのかもしれない。医師は人工透析をしたほうがいいと言い、家族は慌てた。亡くなったのはその矢先のことだった。

世間の人が言う通り、寿命といえばそれまでだけれど、生い立ちや身体のハンディを背負いながら、でも、誰も恨まずにいつも明るくけなげに生き抜いた弟……やはり、どう考えても不憫だった。理不尽だった。悔しかった。純、純、帰っておいで。声を聞かせて。また、お話ししようよ。

堪らなくなって翠は声を忍ばせて涙を流し続けた。

いつの間にか、隣りに座っている日出男の寝息が止んでいた。

突然、彼の汗ばんだ手が伸びてきて翠の右手をしっかりと握りしめた。

はっとして手を振りほどこうとしたが、寝たふりをしたまま放してくれないのだ。

彼は全国二位になった鉄棒の選手だった。その握力で摑まれたのだから堪らない、痛いのなんのって。

「大丈夫？」

左側の席から木綿子が小声で顔を覗きこむ。

日出男は慌てて手を放した。

「……うん、大丈夫」

翠は、ごめんね、と付け足して涙を拭いた。

「みんな、ごめんね……ありがとう」

その晩、翠の家では応接間のテーブルに置いてあった月下美人が一輪だけ咲いた。掌《たなごころ》をゆっくり広げるように大きな蕾がだんだん開いていくと、部屋中がいい匂いで満たされた。わたしは、きょう、どうしてあんなに大泣きしたのだろう。人工の星空の下、星座にまつわる神話や伝説を聞いて現世のしがらみから一挙に解放されたからかもしれない。それで封印されていた涙が噴き出してきたのだ。

プラネタリウムという所は不思議な場所だ。暗い中に座っていても孤独ではなかった。どこかに友達の気配を感じていた。星でさえも友達なのだ。時間がたつうちに、自分が人間でなく、星になって、多くの別の星々から親しげに見詰められているような感覚になっていった。全神経を集中して一つ一つの星からのメッセージを聞く。いろいろな声、優しい声。そして今は星でなく、花だった。白くて、いい匂いのする素敵な一輪の花を翠はうっとりと見つめた。

久し振りに思いっきり涙を流したせいか、心が洗われて、何もかもが新鮮に輝いて見える。友達ってありがたい。粗っぽい所もあり、たまに、するりとかわされたりして吃驚させられるが、日出男の本質は思いがけないほど繊細で誠意に溢れていることを翠はよく知っている。彼も純の早すぎる死を心から悲しんでいるのだ。木綿子との友情は言うまでもないし、そして楠男も。彼は帰りに運転席からミラーを覗き込んで、翠と目が合うと安心したように笑いかけてくれた。みんないい仲間、大好きな仲間なのだ。

そうだ。星座というものも不思議だ。昔の人は何万とある星の中から特定の星と星とを選び出して結び付け、思い思いの図形を天空に描き、八十いくつの星座を作った。あの広い広い天球を区分して地上の生活を便利にするために。結び付き。組み合わせ。わたしたち四人の仲間も、星座を作っているようなものだ。めいめいが確実に輝きながら一つに繋がっている。

気が付くと、月下美人の花が翠をじっと見ていた。花と翠の間の空気が微かに揺れているのが分かる。波動が共鳴し合っている。これはほとんど音楽の始まりだ。そしてあるメロディーが心に浮かんだ。しばらくは何の曲か思い出せなかったが、歌詞の方が先に浮かんできた。

「ゆきはふるーあなたはこないー。ゆきはふるー。おもいこころにーむなしいゆめー」

古いシャンソン。木綿子の伯母さんの紅子《べにこ》さんがエレクトーンを弾きながら口ずさんでいた曲だった。彼女は今どこにいるのだろう。先月、突然、家から姿を晦ましたのだそうだ。一回だけ短い便りが来て、後は何の消息もないという。伯母さんが大好きだった木綿子は、今、だいぶ落ち込んでいる。

思い出した曲が、「ゆきはふるー」だったせいか、明け方に翠が見た夢は雪が降り積もり、日に輝いている一面に銀世界の夢だった。翠は、昔、幼稚園の学芸会で演じたビアンカという少女になっていた。彼女は漁師の家の女の子。鰊《にしん》の燻製なんかが食卓に出るのだ。夢の中で何人もの少女たちと歌いながら橇《そり》を走らせ笑い興じていた。目が覚めた時、翠の胸には白い雪の眩しい輝きが強烈に残っていた。

あの劇の時、木綿子はビアンカのお母さんをやった。そして楠男は被り物を被って、トナカイの長老をやった。日出男は残念ながら、まだ、この街に来ていなかった……

へんな夢を見たものだ。

朝の光の中で見る月下美人の花の残骸はみすぼらしく、哀れだった。叔母の董子《とうこ》が鋏で切る前に、母親と姪に念を押した。

「切るわよ」

「いいわよ」

あっさりしたものだ。祖母は昨夜のうちに、白く輝く南国の花を写真に撮っていたのだ。

寝惚け眼で翠が訊く。

「もっと咲くかなあ」

「咲くんじゃない。蕾が、ほら、ここにも、ここにもあるよ」

「ほんとだ。昨日より、蕾、大きくなってるよ」

花殻を惜しげもなく切って捨ててから、叔母は朝食にかかった。翠もオレンジジュースを飲んだら脳細胞が少しは覚醒した。叔母も祖母も、萎れた花を見ているのは、やはり嫌だったのだ。この家の人たちってめいめい好きなように暮らしていると思う。大きな口を開けてベーグルに齧りついている叔母を見ながらそう思う。我が家にはいくつものそよ風が気ままに吹いている感じ。それでいて、どこかで繋がっているという安心感がある。これって、きっと幸せな事なんだよな、と改めて思う。だから、木綿子にアパート暮らしを勧められても翠はなかなかその気になれないでいる。この、幼い時からずっと馴れ親しんできた家の空気。ホーム、スイートホーム。

ただ、お父さんが、もっと頻繁に帰ってきてくれるといいのだけれど。

といっても、翠には気が付いていることが一つある。まだ誰にも、木綿子にさえ秘密にしている事だけれど。董子叔母さんは、翠の父、自分の兄の真《まこと》が家にいる間だけ妙に固くなって、いつもより上品に振舞おうとする。お父さんは、きっと気付いてないと思う。たまにしか帰ってこないから、それが、少し年の離れた妹の本当の姿だと思っているんじゃないかな。無理して取り繕うことなんかないのにさ。いつかばれるよ、きっと。

翠の亡くなった母は無邪気そのもので、ああいうのを天衣無縫というのだろうと祖母から聞かされていた。若い頃、父が首ったけだった、わたしの母ミドリさん……翠は、自分の名前を文字を変えただけで生まれたばかりの娘に付けた母と、それに同意した父を、世にも不思議な親たちだと思う。よく市役所で受け付けてくれたものだ。もし今、母が元気で生きていたら、わたしは家の中で、どっちかが呼ばれる度に大いにまごついていただろう。

「翠、何をにやにやしてるの？」

祖母が身支度をすませて下りてきた。彼女の育児院では今日から三日間、子どもたちが小旅行に出掛けるのだ。院長先生は留守番組。子どもたちの出発式を主催しなければならないので、いつもより早く出掛ける。娘にも声を掛ける。

「さあ、貴女も早くしてね」

「うん、分かった」

口をもごもごさせながら叔母も立ち上がった。彼女も同じ育児院で保育士をしている。これから児童の引率という責任の重い仕事が待っている。

「叔母ちゃん、忘れ物なあい？　日焼け止めクリームと帽子、それに防虫スプレー、持った？」

「ばっちりだよ。ところで、木綿子ちゃんは何時頃来てくれるの？」

「うーん、多分お昼過ぎ。お父さんの退院をすませてからだから」

「この暑い時に痔の手術なんてご苦労さんだったね。背中にあせもが出来たんじゃない」

祖母も育児院に泊り込みだから、翠の家には用心のために木綿子が来てくれることになっていた。彼女は伯母さん仕込みの餃子作りが得意で、今夜はたっぷり食べられる。だから、朝飯は食べなくてもいい。四十を過ぎた菫子のスタイルのいいのが翠は羨ましくて仕方がない。食べ過ぎないように、食べ過ぎないようにと気を付けているのだが、翠の場合はどうしても食欲の方が先行する。

二人が出ていってしまうと家の中はしいんとなった。レースのカーテンだけがのんびりと揺れている。その向こうの庭いっぱいに眩しく日が射していた。

翠はこういう光線の具合がとても好きだ。向こう側が輝いて見え、こちら側が少し暗いのは、かえって安らぎがある。これは人が何かに憧れる心境によく似ているなと思う。コーヒーだけでも飲んでおこうかと立ち上がった。いつか、日出男がインスタントのコーヒーを、まるでそうでないみたいに美味しくいれてくれたことがある。ほうろう引きの鍋に入れ、よくかきまぜて煮立たせたのだ。今日はそのやり方でいこう。冷蔵庫の扉の裏を見るとインスタントの瓶にまだ少し残っていた。

純がいなくなってから日出男はめったに来なくなった。翠の受験勉強が忙しくなったので気を遣ったのかもしれない。最後に来たのはクリスマスに翠の父が帰ってきた時だった。その時も食事の後に男同士ひそひそと密談をして、遅くなっても泊まらないで帰っていってしまった。

弟がいる時は彼ももっと遠慮がなくて、この家に泊まって、朝、トイレの前で翠とニアミスしたことさえある。この頃彼は翠とは距離をおこうとしているのが見え見えで、それを敏感に感じた翠の方も、会えばなんとなくぎこちない。弟が生きていたら間に入ってくれて、翠もごく自然に日出男と接することが出来たのに。あの頃は楽しかったな。本当に純は貴重な存在だった。それに日出男が加わると家族全員が陽気になった。それほどお喋りでもないのに、日出男は家の中に新しい風を運んできてくれたのだ。

ああ、そうか。きのう、わたしが純のことをあんなに思い出したのは日出男が傍にいたからだ。あの二人、どこか似通っている。一つ大きく違うのは、弟はガラス細工のように脆かったけれど、日出男は心身共にしなやかで、それでいて滅法強い。

考え事にふけっているとどんどん時間が過ぎていく。既に十時を回っていた。

「さあ、お掃除、お掃除」

木綿子に気持ちよく過ごしてもらうためには、先ず家の中をきれいにしておかなければならない。

祖母によれば、聖書には、使徒パウロの言葉として「努めて、他の土地から来た人、つまり、旅人をもてなしなさい」と書いてあるそうだ。翠の父の仕事は、そのラテン語が元になった「ホスピタリティ＝おもてなしの心」を実践できるプロの人材を育てる事だそうだ。今、ここで暑いなどとは言っていられない。翠は、先ず家中に掃除機をかけ、トイレは特に念入りに掃除して、ベッドには洗濯したてのシーツと枕カバーも用意した。家の中の要所要所にあまり匂いの強くない花も活けた。汗びっしょりにはなったが、働くのが気持ちよかった。

父は、昔から使われている「ホテルマン」ではなく、最近は、職種として女の人にも通用できる「ホテリエ」という新しい呼び方が出来たと言っていた。将来、ホテルに勤めるのもいいかな。あの制服姿は恰好いい。教養が滲み出ている。手入れの行き届いた靴を履いて背筋をきちんと伸ばして精一杯客を迎える。

掃除の仕上げとして玄関先に打ち水をして、声に出してリハーサルをした。

「いらっしゃいませ」

深々とお辞儀をする。

思わずげらげら笑ってしまった。木綿子のあっけにとられた顔が鮮明に浮かんだからだ。

音楽を聴いたり映画の話をしたり、翠は木綿子と気ままに三日間を過ごした。

途中、木綿子は二回学校に行った。研究室で育てている植物に水を遣《や》りにいくのだ。彼女の専門は環境科学。論文のために柳の幼木を沢山育てている。というのは、柳は不思議な働きをするらしい。空気中の汚染物質を取り込んで清浄な空気だけを体外へ放出する。

他の学生たちは帰省してしまって、いつの間にか木綿子が水遣りの係りになってしまったらしいが苦にもしないで、朝食後バスに乗って出掛け、二時間ほどして日盛りの中を戻ってくる。

しかし、今、木綿子の心は伯母さんのことでいっぱいだ。彼女の話によると、伯母の紅子さんの家出の理由は今もって誰にも分からないのだそうだ。紅子さんは私立の高校の英語教師をしていたが、定年前に退職した。外国で暮らしたかったが、年をとって体の弱った養母がどうしても放さなかった。二人の間には全く血の繫がりはない。昔、紅子さんの一家が近所に住んでいて、幼かった彼女が毎日のようにこちらの家に遊びに来ているうちに居着いてしまった。実家の人たちはその後関東に引っ越していったそうだ。

木綿子は自分の家族のようなのを「寄せ家族」というらしいと教えてくれた。紅子さんもだが、木綿子の父親も親戚の家から貰われてきて、後に結婚して木綿子が生まれた。だから、木綿子とお祖母さんの間にも、ほとんど血の繫がりはない。味噌や醬油の醸造業を受け継いで、手広くやっていたお祖父さんは五十代半ばで亡くなって、しっかり者の女家長は紅子さんと住み、広い屋敷内にもう一軒建てた家に木綿子の家族が住んでいた。高い石塀に囲まれた土地には作業所や蔵の他に、大きな池や、杏や梅や胡桃《くるみ》や栗といった実のなる木が何本もあって、翠も遊びにいっているうちに木登りが出来るようになった。

その紅子さんは一度だけ養母に反抗した。大恋愛をして駆け落ちしたが、結局、無理やり連れ戻されたのだという。

その後、ずっと独身だった。

「もしかしたら、お祖母さんは、紅子さんをあんたのお父さんと結婚させるつもりだったんじゃないの」

「そうらしいね。父の方が振られたんだよ」

「へえ、それ、お母さん知ってるの？」

「わたしが知ってるくらいだもの。親戚中が知ってるよ」

その話はそれで終わったが、木綿子は大学に入ると同時にアパートを借りて独り暮らしを始めた。理科系で、実験が多くて家に帰れないというのが口実だったが、それもひょっとしたら、本音は別で、彼女は複雑な家族関係から解放されたいと考えたのかもしれない。

一族の中で一番権威があったのはお祖母さん。紅子さんが影のように寄り添っていた。そのお祖母さんは去年の暮れに老衰で亡くなった。そして、今度は伯母さんも姿を消した。店の方は以前から木綿子の父親が一切を任されていたから心配はないらしい。

紅子さんは、数年間介護した義理の母親が亡くなった後、急に気が抜けてしまったのかもしれなかった。

家出から一週間ほどして、四国の丸亀から便りを寄越して「瀬戸内海を見下ろす宿にいます。お遍路さんたちと友達になったので、一緒に霊場巡りをすることにしました」と書いてきた。ひとまず安心はしたが、その後は何の連絡もないのだそうだ。

「四国よりも、あなたの伯母さんはハイカラだから、スペインの巡礼の方が似合ってるよね。ほんとはそっちの方に行きたかったんじゃないかしら」

翠は父から貰った本の中のサンティアゴ大聖堂の写真を思い出した。あの名高い聖地を目指して八〇〇キロの困難な道を中世の昔から大勢の巡礼者たちがひたすら歩きつづけるのだ。

若くして亡くなった翠の母が、新婚旅行を兼ねて夫と一緒に行った最初で最後の海外の行き先がスペインだったそうだ。だから、翠にとってもあの国には特別の思い入れがある。将来必ず必ず行ってみたいと思っている。

紅子さんが出て行った後、彼女が母親と共に五十年以上も過ごした家はずっと閉めたままだったが、梅雨が明けた七月の半ば、木綿子の両親は合鍵を使って中へ入り、家の中に風を通した。急に出ていったにしては、きれいに片付けられていた。仏壇用の対の花瓶は洗って台所のテーブルの上に伏せられていたし、冷蔵庫の野菜入れは空だった。

七月末の晴れた日、木綿子も母親に呼ばれて家に帰り、伯母の家に保管されていた祖父母の着物や伯母の衣類を陰干しした。簞笥の底に敷く紙も新しいのにした。古新聞がいっぱい出た。

たまたま目に入った記事の中に、何年か前、ヨーロッパの河川が豪雨で氾濫して大洪水になったというのがあった。その頃伯母は、故国に帰った元同僚のフランス人女性の身の上を案じていた。そして、ちょうどその頃、木綿子は伯母に誘われて音楽会に行った。オーケストラと合唱の素晴らしい曲にぞくぞくするくらい興奮し、酔い痴れた。それはフランスの作曲家フォーレの「レクイエム」だった。帰り道、お腹が空いたのでラーメンを食べに入った。温かい湯気の向こうから伯母の声がした。

「ねえ、木綿子ちゃん、お願いがあるんだけれど……」

「なあに？」

「もし、私が死ぬようなことがあったら、今日聴いた、あの曲のレコードで送ってね」

「CDでしょう。うん、そうする」

その時は冗談だと思って軽く請け合ったのだそうだ。でも、軽率だったと、今はとても後悔している。小さい時から可愛がってもらって、伯母のことは大抵知っていたつもりだったけれど、こうなってみると、その心の奥の底知れない寂しさには全く気付いていなかった。

「でもね、わたし、どうしても納得いかないことがあるんだ」

と、木綿子が言う。
二、三年前、紅子さんの実の父親が亡くなったという知らせが届いた時、初め、葬式に行こうとしなかったのだ。養母にも知らせなかった。隠れて泣いていた姿を木綿子がたまたま見付けて両親に訴え、伯母の学校の上司から説得してもらって、やっと出掛けていったが葬儀には間に合わなかったらしい。
知らせを受けたその晩から、彼女の父親らしい気配が娘の寝床のあたりを行ったり来たりして眠れなかったという。

「伯母ちゃんは、どうして、あんなに、お祖母ちゃんに気兼ねするの」

と、木綿子は両親に訊いたことがある。

木綿子にすれば、伯母が自分の給料で買った少し高級な反物を祖母に見つからないようにと木綿子の部屋の箪笥に仕舞わせてもらったり、そんな奇妙な関係がとても理解できないのだ。

父は黙っていた。母は複雑な表情を浮かべ、

「あの二人の間には誰も入れないいんだよ」

と、だけ答えた。

お祖母さんと伯母さんの家の南側に大きな胡桃の木があって、二階の手摺りから手を伸ばせば枝の先に届くくらいになっていたが、去年の秋の台風で木全体がゆさゆさ揺れて、二人は木綿子の家に一時避難した。胡桃というのは根の張り方が浅いらしい。

今年四月にチェーンソーを持った職人が来て、その大木は伐られた。その折、

「いっそ、こっちの家で暮らしたら、姉さん。木綿子も出ていくことだし、三人で仲良くやりませんか」

と、父は水を向けてみた。家そのものも古くなって、いたる所、補修が必要だった。税金もかかるし、僅かな年金で暮らす伯母の将来を慮《おもんばか》ってのことだった。

伯母さんは考えてみるわと答えた。

午後遅く、胡桃の木があった場所に木綿子が行ってみると、切り株まで掘り起こして、また埋め戻した柔らかい土の上にあっけらかんと夕日が射していた。一緒に立っていた伯母もあっさりしたもので、庭の風通しが良くなったみたいねと、あたりを見回しながら笑っていた。その晩は木綿子の合格祝いを兼ね、久し振りに一緒に食事をして、自分の家に帰っ

て寝るという伯母を木綿子は玄関先まで送って戸締りをしていると、茶の間から両親の話し声が聞こえてきた。

「……でも、あの、しっかり者のお母さんが気付かないということあるかしら」

「大して重要な事だとは思ってなかったんじゃないか。昔の人は概してそうさ」

「わたしは、お母さんが仕返しをしたんだと思うわ。姉さん、昔、駆け落ちしたそうね。貴方との結婚も断ったし、思い通りにいかなくて、気位の高いお母さん、相当、腹を立てていたはずだわ」

「馬鹿馬鹿しい。お前、まだ気にしてるのか、そんな昔の話」

「いえいえ、お母さんの事を言ってるのよ。とにかくきつい人だったから……姉さんも可哀想にねえ。あんなにお母さんの面倒見てたのに」

「そうだな。だが、それはお互い様だ。小さな時から育ててもらって、食わせて着せてもらって、いい学校まで出してもらったんだ。姉さんもありがたいさ。お相子なんだぞ」

「自分の籍入ってないの、姉さん、前から知ってたのかしら……聞いても、大して驚かなかったわね」

「今時、謄本を見ればすぐ分かることだから、知ってただろう」

「分かってて、何も手を打ってなかったのね。きっと、言い出せなかったんだわ。……今となっては遅いわね、もう。……法律って厳しいから」

「そうだ、法律は厳しい。それで、世の中は保たれている部分もあるんだ。後腐れなくて便利なところもある」

足音を忍ばせて、木綿子は自分の部屋に戻った。

しばらくして窓から覗いてみると、伯母の家の明りは全部消えていた。

今夜くらい、向こうに泊まって上げればよかったと後悔した。昔はよく泊まったものだった。毎日のように泊まり、たまにこちらへ戻ってくると、母は焼き餅を焼いて、「あんたは、どっちの家の子なの」と皮肉った。伯母の作るものは美味しかったし、子ども扱いしないので居心地がよかった。

伯母は本当の娘のように木綿子の将来のこともいろいろ相談にのってくれた。

「お祖母ちゃんがいなくなって、伯母ちゃんはこの家にいる理由がなくなったと思い詰めたんだと思う。でも、自分で出て行く事はないよね。そんなの美談でも何でもないさ。家の親だって無理に追い出したりはしないはずだ。そこまではしない。伯母ちゃんには年金もあるんだしさ、今まで通りにしてればよかったのに……」

紅子さんは、どうして、親戚でも何でもない近所の小母さんの家に居着いてしまったのだろう。幼い女の子は実の親兄弟の家でどのように扱われていたのだろう。彼女には兄さんや姉さん、それに弟がいるのだそうだ。

「今更、実家には帰りにくいだろうし、いったいどこへ行ってしまったのか、それだけが心配なんだ。生きているのやら、死んでいるのやら……」

一週間たって、楠男の車に乗って木綿子は再びやってきた。あの草色をした凄いポンコツではなく、落ち着いたグレーがかった青の、でも中古車なのだそうだ。前のはさすがに燃費が嵩んでしょうがないので買い換えたのだそうだ。午前の、わりに早い時間に来て、突然だけど、明日、朝から福島方面にドライブに行かないかと翠を誘う。

「今度はクーラー付きだよ」

今から日出男の所に打ち合わせに行くのだそうだ。

「えっ、日出ちゃんも行くの？　彼、起きてるかなあ、この時間……」

「叩き起こすからいいの。それに、この旅行、彼が行かないと困るんだよ」

一瞬、状況がのみ込めなくてぽかんとしている翠に木綿子は説明した。日出男の叔父さんは腕のいい大工だが、昔からのお得意さんの一軒が福島の山あいの温泉旅館なのだそうだ。話を辿っていくと、そこは偶然にも紅子さんがまだ若い時に大恋愛をして、その男性と駆け落ちして、数日間隠れていた所だったらしい。

「じゃあ、紅子さんは、今、そこにいるかもしれないんだね」

「いや、父が問い合わせたけれど、だいぶ前に一泊だけして帰っていったんだって」

それでも、木綿子は行きたいのだ。何か手掛かりが見つかるかもしれない。

翠も行きたかった。三十年も前、たとえ、たった四、五日でも幸せだった紅子さんの思い出の場所をぜひこの目で見てみたい。

「日帰り出来るよね」

明後日、市の図書館で、製本技術の講習会がある。

「うん、そのつもりだよ」

翠は、期待していた夏休みの小旅行がこんな形で実現するとは想像もしていなかった。

翌日、午前十時に仙台を出発。四人が乗った車は東北自動車道をひたすら南下し、福島市の西から山間部に入っていった。日出男と楠男が交替で運転して、翠と木綿子は後ろの席でふんぞり返っていた。

パン好きの楠男は、いろいろのパンを持ってきたし、木綿子は木綿子で、音楽のＣＤやテープをいろいろ持ち込んでいた。ロック、ボーカル、スイング。その中に一曲だけクラシックがあった。

「ホルスト……『プラネッツ』……何だ、こりゃ」と言いながら、楠男がかけたのは、木綿子が前から好きな曲で、日本では「組曲『惑星』」としてよく知られている。

「ねえ、例の、惑星から外された冥王星も入ってるの？」

「いや、入ってない。この曲は、冥王星が発見される前の一九一〇年代に出来たの。地球も入ってないから、全部で七曲ね」

「中学校で、ほら、理科のテストに出るからって一生懸命に憶えたよね。『水、金、地、火、木、土、天、海、冥』って……」

ハンドルを握っていた日出男も話に加わる。

「そうか、自分たちが住んでいる星はこの際抜かすのか……七つの惑星か……」

「プラネッツだからプラネタリウム。じゃあ、リウムって何だ」

「水族館はアクアリウム」

「じゃあ、リウムは館だ」

壮麗な管弦楽に聴き入っているうちに、翠はいつの間にか広い広い宇宙空間に漂っていくような気がした。自分の体の輪郭がなくなり、わたしはどんどん広がって、わたしの中で星たちが煌めいている。

「わたしは海」そんな歌詞の歌を聞いたことがある。いや、今は空。宇宙って、何て広くて大きいんだろう。この素晴らしい解放感。

隣りの木綿子はぐっすり眠っている。昨夜は緊張して眠れなかったのかもしれない。

強い日差しが沿道の木々の緑を燃え立たせている。

運転者が交替した。助手席に移り、日出男はサングラスを外して大きく伸びをする。

「ねえ、提案。帰りは海岸通りを行かない？　同じ道を通るのは勿体ないもの」

いや、本当は海を見たいんだ、と翠は心の中で呟く。海、青い海。潮の香り。

「ぼくは基本的に、山より海が好きなんだな」

純の声が耳元ではっきり聞こえた。無意識に翠の顔がゆがむ。

「お前、きょうは泣くなよ」

日出男が振り向きざま、強い目で睨んだ。

えっ？　と思った。どうして分かったんだろう。

翠はすばやく態勢を立て直そうとする。

「泣かないよ。ただ海の上の星空を見たい。金星が見たい。宵の明星」

日出男も楠男も黙っている。

翠は喋り続ける。

「今、沢山の金星人が降りてきて、地球人をサポートしてくれてるんだって。地球の危機存亡の時だから。地球に何かあると宇宙全体のシステムが崩れるでしょう。金星人て地球人よりずっと意識の高い人たちなんですって。ねえ、この話、知ってた？」

これにも全く反応を示さない。黙って聞いているだけだ。孤立無援。

そうだよな、こんな話、一般受けしないよな。

今度は声に出さないで、翠は胸の中だけで呟いた。純、貴方は地球のお隣りの金星から降りてきたのかもしれないね。平和の星、金星の王子様だったりして。だから故郷の星に還っていったんだ。今は絶対幸せになっているよね。絶対に、絶対に。

星の話を聞きつけて木綿子がむっくり起き上がった。そして気の毒そうに言う。

「今の季節、宵の明星は見られないよ。九月に入ったら日の出前、そう、一時間ぐらい前、東の空に見えるようになるよ。それまで待ってて」

「じゃあ、明《あけ》の明星になるんだ。早起きしなくちゃね」

「ヒデには、とうてい無理な話だよな」

と、楠男がからかう。日出男は苦笑いしている。

こういう時、彼は意外とあっさりしていて取り合わない。口笛を吹き出した。さっきの組曲の中にあって、ひと頃巷《ちまた》で流行していたメロディー、「ジュピター」……木星。

詩心を揺さぶられた誰かが、そのいくつ目かの主題の旋律にロマンチックな歌詞を付けた。原曲の「ジュピター」には、「快楽」というサブタイトルが付いている。ホルンで奏でられる、荘厳で、しかも喜びに満ちた曲なのだ。

運動神経が発達している日出男は音楽のセンスもよくて、初めて聴いた旋律でもピアノの鍵盤に移し換えることができた。絶対音階というのが体の中に出来上がっているのかもしれない。

橋を渡って少し走ってから、楠男はいったん車を停めた。最終段階で道を間違えたらしい。日出男と二人で地図を見直している。

車を降りて、楠男が近くの食料品屋に訊きにいった。日出男はペットボトルを逆さにして、喉を鳴らして飲んでいる。

「あの花、何だろう」

翠は道路脇の家のブロック塀の上に突き出ている枝に見とれた。

「ああ、あれは百日紅《さるすべり》。白花の百日紅」

木綿子は、さすがに自然界のことはよく知っている。

楠男が戻ってきて車をUターンさせた。

川沿いの道を一分も走らないうちに、旅館が二棟並んでいた。同じ旅館の本館と別館らしかった。

「ここ、大きい旅館なんだね」

返事がない。急に無口になって、木綿子は緊張した顔をしている。駐車場に車を置いて、玄関まで歩く間、楠男がさかんに鼻をひくひくさせる。

「これ、何の匂いだ?」

「お線香じゃない？」

この匂いなら知っている。翠は嗅ぎなれている。近くにお寺があるのだろうか。朝食の時、祖母が「今夜は送り火を焚こうね」と言っていた。きょうは送り盆の日だった。祖母はキリスト教徒だが、先祖の位牌が入っている仏壇の前で、般若心経を読む不思議な人だ。


日出男の叔父さんが連絡してくれていたせいか、一行は奥まった座敷に通された。

「うわあ、見事ね！」

翠は思わず声を上げる。中庭に百日紅の大木があって、満開だった。今度は赤花だった。樹齢は、ちょっと見当がつかない。茶色のつやつやした太い幹は途中でねじれて枝分かれして、まるで迷宮、ラビランス。緑の葉陰は涼しげだったが、その先に、まるで霧の中に見る松明《たいまつ》の炎のように赤い花々がぼうっと咲いていた。

男どもは床の間に飾られた古い甲冑に気を取られている。楠男はこういった古い物にとても詳しい。

そこへ五十歳くらいの仲居さんが入ってきた。

「ただいま、おかみさんがまいりますからね」

四人は急いで座卓の周りに集まり、居ずまいを正して、お茶が入るのを待った。

日出男の叔父さんとの誼《よしみ》で、旅館では入浴と、早目の夕食で四人をもてなしてくれた。

結局、木綿子の伯母さんのその後の消息はつかめなかったが、ここへじかに足を運んだことで、木綿子もそれなりに気がすんだらしい。ところが、旅館を出て間もなく、車の中でいろいろ思い出したのか、彼女はしばらくの間ひっそりと泣いていた。他の三人は黙って彼女の気持ちが静まるのを待った。

午後八時、海岸線をずっと走りつづけてきた車は県内に入った。一行は途中車を降りて、砂浜に座って星空を眺めた。南の空、射手座と蠍座の辺りから立ち上がった銀河が光の帯となって流れ、その壮麗さに息を呑んだ。

突然、翠が流れ星を見つけたと言って大はしゃぎして、後の三人も競って天球を仰ぎつづけた。その晩は残念ながら、ペルセウス座流星群のピークは終わったということだったが、望めば一晩中流れ星を楽しむことができた。

昼間の太陽の余熱で砂の上は温かだった。我を忘れて星空を見上げている翠の喉や顎に、海面からの光が反射して仄白かった。すこし離れた所に座って、日出男がじっと、そんな翠に目を向けていた。

木綿子が、そっと肘で楠男を突っつくと彼も頷いた。

彼は小声で言った。

「ヒデは来年、翠ちゃんの親父さんに紹介してもらったＹＭＣＡのホテル専門学校を受けるそうだ。この間、学校も実際に見学してきたそうだ」

「ええっ、それ、初耳。翠から何も聞いてないよ」

「まだ、言ってないんじゃないか。いいか、秘密だぞ。ヒデが自分で話すはずだから」

「……うん、分かった、言わない……でも、よかった。何だかとてもうれしいな」

「うん、俺もよかったと思うよ」

その晩、流れ星をいくつもいくつも数えて、四人が帰宅したのは真夜中に近かった。

沼

純のお骨は、しばらくの間、翠の祖母が院長をしている育児院関係の教会の納骨堂に預けてあったが、いろいろな人たちの、いろいろな想いが交錯する中、やはり、実の母親が眠る墓に入れて上げようということになり、菩提寺に掛け合って戒名ももらって、改めて仏教徒として納骨された。彼が亡くなって、既に二年目の初夏のことだった。

納骨式が終わり、寺の広い座敷でゆかりの者たちが供養の膳を囲み、会話が弾んでいる席を抜け出して、翠は寺の庫裏で聞いた、近くの「黒沼」という湿地帯を見に出掛けた。

細い石ころ道を、左手に水田を見ながら、右手の低い山裾を迂回するように、ゆっくりと歩いていった。道の両側には、茎の先端に、もう薄緑の穂を覗かせた薄《すすき》が弱い風に揺れていた。その穂はまだ若く、思わず茎の中から顔を出して、ぱらりと解《ほど》けてしまったようで、すべての茅《かや》の類は早くも少しずつ下を向いていた。

（純、お母さんと一緒になれてよかったね）と改めて思った。勿論、彼の高貴な魂はとうに天上界に行って、自由自在に働いているのだろうが、この世に生んでくれた母親と一緒になれたと思えば心が和んだ。（お母さんも喜んでいるよね、きっと。貴方をやっと抱きしめられるのだもの……）

所々に疎林があった。灰色の小さな獣が一匹木に登り、枝から枝へ飛び移り見えなくなった。独特のリズムのある動き方で、栗鼠《りす》だと分かった。その栗鼠が走り込んだ林の奥には木の間隠れに古い墓石群がひっそりと見え隠れしていた。

間もなく、堤防の上からもそれと分かる大きな沼が見えてきた。「黒沼」というだけあって、岸辺から沼の中ほどにかけて葦が群生しており、その向こうには藻やひつじ草が水面を覆い、更にその先に水面が光っていた。堤防を下っていって柔らかな草の上に腰を下ろした。空が曇っているせいか、水は鈍色《にびいろ》に沈み、雑木がうっそうと茂った対岸の山が水面に影を落としていた。山はまるで水の中から生え出たようで、水の部分は山襞の裏の方まで入り込んでいた。その時、不思議な風がさあっと吹き、葦がいっせいにそよいだ。

「葦原の中つ国は、いたく、さやぎてありけり……」

こんな一節が頭に浮かんだ。

翠は、今、大学で、「古事記」を勉強している。古代の人は、この国土を「葦原の中つ国」と呼び、神々がいる高天原《たかまがはら》、死者が行く黄泉《よみ》と並べて三層に分けて考えていた。「葦原の……」と言われたように、この国土は初め、未開の土地、蛮地だった。そこに住んでいた者たちは、周りに繁茂している夥しい草木が風に吹かれる音にさえ魔力を感じて、恐れ戦《おのの》いたかもしれない。そこへ高天原から降りてきた一族の子孫が、荒ぶる者たちを征伐して日本国を次第に平定していったのだという。ただ、史書というのは、往々にして征服者側の立場で書かれたものが多いから、本当のところは、どうだったのだろう。

風が静まった。

遠くで、郭公がのどかに鳴いている。

さっきから、だれかに見つめられているような、落ち着かない気分を味わっていた。そして、沼の上にふわりと浮いている大きな目を見つけた。それは透明な空気の幕に出来た皺のように、そこはかとないものであったが、確かに目で、瞳も見分けられた。横の長さは十数メートル。葦の群落の葉先の上に浮いて、目の輪郭の中に対岸の緑が薄く透けて見えた。初めは、沼の周囲に群落を作っている植物の意識体かもしれないと考えた。植物もある種の感情を持っていると一部の学者たちは言っている。近付いてくる翠の一挙手一投足を観察していたのかもしれない。といって、全く、敵意は感じられなかった。その眼差しは優しかった。自然に口をついて出た言葉は、

「お母さん？」

純のお母さんかもしれなかった。けれど、自分の母のこともちらっと頭をかすめた。いつもは心の奥に隠れているけれど、忘れる訳がない。でも、もし、純のお母さんなら、戻ってきたわが子を抱いて喜んでいるんだ。この沼の水は、彼女のうれし涙かもしれない。大地は母という。沼というのは大地から湧き出た慈しみの涙なのかもしれない。この思いつきに、翠は満足した。

その時、いきなり、頭上で大きな羽音がした。

驚いて見上げると、一羽の鳥影が対岸の雑木林へと渡っていった。空は曇っていたが、不思議な明るさを感じた。今度は真向かいの山中から甲高くこだました。

「かっこう、かっこう、かっこう」

気が付くと、葦の群落の上に出来ていた目は陽炎のように揺らめいて消えていこうとしていた。太陽が直接見えた訳ではないのに、そこは、不思議な明るさに満ちた世界だった。

そして、夏休みが終わった時、翠は重い腰を上げ、住み慣れた家から、木綿子がいるアパートに引っ越した。祖母に、貴女の年だったら、そろそろ家の中の仕事を手際よくする練習も必要だよと言われ、素直に従った。それに、図書館に行く時間や、アルバイトの時間もほしかった。翠は将来、司書の仕事をしながら、小説を書き続けたいと思っていた。

霧雨が降る、ある秋の夕方、帰宅した翠が管理人室の前を通ると、ちょうど、同じアパートに住む国東《くにさき》敬子が奥の部屋から出てきた。いつも背筋をピーンと伸ばし、和服姿の美しい中年の女性だ。毎日、夕方から出掛けていく。水商売の人らしい。平生は互いに軽く会釈して通り過ぎるのだが、きょうは違っていた。珍しく向こうの方から話しかけてきた。

「押入れの中が湿《しめ》っぽいのよ。貴女のお部屋はどう?」

意外と低音の、よく響く声だった。

「えっ、わたしの所ですか。わたしの所は大丈夫です」

「そう、それはいいわね。わたしの所はうっすらとカビが生えるのよ。まるで地図みたいな染みになってね。今、カビ取り剤を撒いてきたから、臭くていられないの。二、三日は駄目ね、きっと。ねえ、この建物の下、昔は、沼だったんじゃないかしら」

「えっ、沼？　あの沼ですか？」

翠は返事に窮した。今まで、こんな奇抜な発想をさすがに思い付いたことはない。

「そう、あの沼。そうだとしたら、あの湿気は納得がいくわ。ねえ、小父さん、そうだったんでしょ？」

受付の窓越しに聞き耳を立てていた管理人に訊いている。

急に訊かれて、小父さんもまごついた。

「そんな話、聞いてないよ、俺は……」

敬子さんは、予想した通りの返事だったのか、軽く頷き、再び翠に華やかな笑顔を向けた。

「貴女、宮本翠さん、学生さんでしょ。いいわねえ、青春真っ盛りってとこね。でも、勉強もしっかりおやんなさい。年はどんどん取っていくものよ、これだけは悲惨なのよね」

そして、彼女は、「こういうの知ってる？」と言いながら、諳《そら》んじはじめた。

「少年老い易く学成りがたし　一寸の光陰軽んずべからず……」

そこで、彼女は黙ってしまった。次を忘れたらしい。

翠が後を引き継ぐことになった。高校の国語の授業で暗証して、まだ憶えていた。

「未《いま》だ醒めず地塘春草《ちとうしゅんそう》の夢　階前《かいぜん》の梧葉《ごよう》すでに秋声」

敬子さんは大げさに拍手した。

「そう、そう、そう。よく憶えてたわね。どうしても思い出せなくて気になっていたのよ。ありがとう」

おもしろいお姉さんだと思った。向こうも、

「貴女とは話が合いそうね。今度、遊びにきてね。お喋りしましょう」

と、言って、腕時計をちらっと見てから「ではね」と、ドアに手を掛けた。仕草に気品が感じられる。いいなあと、翠は素直に感心した。

「行ってらっしゃい」

霧雨の中、派手な色の傘が遠ざかっていった。

彼女は、噂によると九州の出身で、どうやら、働くために、親元に幼い子どもを預けて出てきたらしい。それ以外は謎。不思議な雰囲気の持ち主で、芸能界に入ったら、個性派女優として、さぞかし人気が出るだろう。翠の周りにこんなにインパクトのある女性は他に見当たらない。

押入れに生えたカビと沼がどこでどう結び付くのか分からなかったけれど、もしかしたら、あり得ないことではないだろう。いつか、翠が叔母の董子《とうこ》の運転で、田舎の親戚の家に行った時、国道を外れて、山に入り、造成が始まったばかりの団地予定地を車で突っ切った。中央に勿体ないくらい幅の広い道路が走り、両側には売りに出しやすい広さに仕切られた何区画かの宅地が並んでいた。その奥には、まだ小高い丘や、雑木林があって、藤の花が咲いていたりした。確かに谷のように落ち込んでいる部分もあった。あの底には水が流れているのかもしれない。それから数か月たって、ふたたび通ったら、山も谷も森も林もすでに消えて、のっぺらぼうの平地と化していた。だから、建物の下がもと何だったかなどとは普通は分からない。このアパートだって、「星ヶ丘パレス」などという大そうな名前がついているが（実は、星好きの木綿子はこの名前に惹かれたらしいが）、丘どころか、以前はこの辺が沼地だったということも充分あり得るし、何万年も前には海だったかもしれないのだ。ここを紹介してくれた不動産屋は知っているかもしれないが、知っていて隠すかもしれない。まあ、沼地に三階の建物を建てるとは常識からいって考えにくいし、わざわざ調べる程でもなさそうだと、翠は鷹揚に考えた。

ところが、翠が木綿子に、国東敬子とのこの会話を話して聞かせた途端、彼女の顔色がさっと変わった。

「どうしたの?」

「うん」と言いかけて、言葉を濁している。それを、無理に聞き出したら、こういう事だった。

去年の暮れ、木綿子は大失敗をしてしまった。前の晩、煌々と月が照り、近来にない寒さだった。朝起きてみたら窓ガラス一面に氷の花が咲いていた。台所の水が出ない。管理人室から水を貰ってきて、蛇口にタオルを巻いて、お湯をかけた。水道栓は回ったが水はなかなか出ない。この場所は北の眺望が開け、冬の風がまともに吹き付けるので、水道管の奥の方で凍ってしまったのかもしれないと、しばらく様子を見ることにした。そこへ、行方が分からなくなって、みんなで心配していた伯母の紅子《べに》が突然、木綿子宛にクリスマスカードを送ってよこしたという連絡が来て、慌てて実家に帰ってしまった。紅子は今、フランスの友人の農園で暮らしているらしい。それはそれで吉報だったのだが、その後がいけなかった。気温が上がった昼過ぎ、木綿子が締め忘れた水道の蛇口から水が迸り出た。脇に置いたはずの流しの蓋が浮き上がって、排水口を塞いでしまった。溢れた水は床板の隙間から階下の天井を直撃した。木綿子の部屋は二階。急報を受けて戻ってきて、管理人に案内され、謝りにいった木綿子の目の前で、一階の部屋の天井の端から壁を伝わって、居間の入り口に、まだ水が滴っていた。階下の奥さんが何か月もかかって、八分通り出来上がっていたパッチワークの力作が広げてあったが、濡れなかったのは不幸中の幸いで、結局、壁紙の張替えや詫び料などかなりの金を、心ならずも父に借りた。階下の若夫婦は、今年の春の転勤で引っ越し、その後に入ったのが国東敬子だった。あの大失敗からだいぶ時間がたっているので、水の痕跡はもう残っているはずもないが、新しい住人は超能力の持ち主で、周りの壁や空気から微かな水の匂いを嗅ぎ取ったのかもしれないと、冗談とも本気ともつかない話をした。だから、敬子に沼の連想をさせたのは、もしかしたら、自分の責任かもしれないというのだ。

聞き終わって、翠も少しの間、考え込んでいた。そして、言った。

「そういう事もあり得るわね」

超能力というかどうか分からないけれど、世の中には鋭敏な感覚の持ち主がいて、他の人には分からない事象が、それも、時間とか空間に関係なくキャッチ出来るのかもしれない。あの国東敬子がそうでないとは言い切れない。

「あの人、どこか神秘的なんだよなあ」

翠は敬子が、「遊びにおいで」と言ってくれたが、額面通り受け取っていいかどうか迷っていた。人の言葉には裏があると、誰かに言われたことがある。でも、彼女は意地悪な人には見えなかった。どんな人生を送ってきたのかは分からないが、凛として、どこか、潔《いさぎよ》かった。だから、どうしても信じたかった。

純の納骨の日にお寺で教えてもらったのだが、あの黒沼の奥に硯上山《すずりあげやま》という五百メートル級の山があって、二つの町の境になっているらしい。東側の、海辺に面した町の人々は、この山に雲がかかると、「明日は雨が降る」と言い伝えているそうだ。純の母親はその町で生まれ育った。その父親、つまり、純のお祖父さんに当たる人は、その町に住む腕のいい職人で、山から採れる玄昌石で見事な硯を彫り上げる。納骨式が終ってから間もなく、そのお祖父さんは、心を込めて作った大きな硯を宮本家に届けてくれた。とても見事なものので、いつか、翠は博物館で初代藩主伊達政宗公が愛用した硯というのを見たことがあったが、あれよりずっと大きくて立派なのだ。そして、翠にも純を可愛がってくれた思い出にと、やや小ぶりの、縁に梅の花が彫刻してあるのをプレゼントしてくれた。翠は、時々、それを桐の箱から出して水を注ぎ、何かを占う昔の予言者気取りで、中をじっと覗き込む。

不思議に心が澄んでくるのだ。昔から硯の材料に使われるだけあって、水とこの石は相性がいいのか、硯全体が本当に生き生きしてくる。また、空気中でははっきりしなかった石の固有の紋様が、水を透して見ると鮮明になるのも面白い。玄昌石というのは今から二億五千年前の岩石で、地表に露わになっている場所は、地球上でも珍しいらしい。いわば、翠は水をレンズにして二億五千年前の地球と対面していることになるのだ。

もう一つ、その地方にはある言い伝えが残っていた。例の遣欧使節支倉常長の乗った船が造られ、出港した場所は、歴史上の定説とは違って、実はそこの入り江だったと言うのだ。太平洋に面した半島の付け根に波の静かな大きな湾があって、その奥の陸地に人工の川を掘削して、大型船建造の材料運びから進水までの手順を計画して造られた古いドックの跡が見付かった。また、そこで船が出来上がるまで支えとして使われていた大量の木材が進水後に要らなくなり、民間に下げ渡されて、寺や、神社や、土地の有力者の邸などを建てる時に再利用されているという事実も分かった。しかし、一度、定着した学説を変えることは、とても難しい事らしい。ともかく、この口伝《くでん》は昔からずっと伝えられてきて、町の人々のひそかな誇りとなっていた。その話を聞いた時、翠は、弟の純が、なぜ、あれほど支倉常長に惹かれていたのか、理由が分かったような気がした。故郷の人々の歴史への憧れが、母親から受け継いだ彼の遺伝子の中に記録されていたとしてもおかしくない。感性の鋭い純のことだから、充分に考えられる事だった。

ある日、翠は、また玄関先で敬子に会った。きょうは着物姿ではなく、紫色の絹の中国服を着て、大粒の真珠のネックレスをしていた。根が正直な翠は思わず感嘆の声を上げてしまった。

「わあ、素敵！　その中国服、お似合いです」

敬子は、照れたような表情を浮かべた。

「同郷の人たちが集まって、年に一回、親睦会を開くんですって。県人会っていうのかしら。いつも都合がつかなくてね、わたし、今年が初めてなのよ」

多分、そこでも、敬子さんは、きっと人気者になるに違いない。

「会場はどこですか？　豪華なホテルかなんかですか？」

翠は、日出男の顔を思い浮かべた。この四月から、ホテル専門学校に入った彼は、今、猛勉強をしている。夏にはホテルでの現場実習というのがあって、ほとんど会えなかった。苦手な英語の参考書を探しているというので、翠は新しいのと、手持ちのものとを取り混ぜていそいそと出掛けていって彼に渡し、一度一緒に外で食事をしたきりだった。叔父さんからバイクを譲ってもらって通学していると聞いていたので、「無茶をしないでね」と言って交通安全のお守りも上げてきたのだった。

「豪華ではないけれど、『サンライズ・ホテル』っていう所よ。知ってる？」

「残念ながら……わたし、父がホテルの仕事をしてるし、友達が、今、その方面の勉強をしてるし、ホテルには関心があるんですけど、実は、あまり行ったことがないんです」

「貴女って、ほんとに正直ね。もちろん、それは、とってもいいことだわ。家の子も、将来、そうなってくれるかしらね」

「お子さんて、おいくつなんですか？」

「まだ小学生なのよ。三年生。二人とも。あら、双子なのよ、男と女の。早く大きくなってくれないかしら」

「かわいい時期ですね。でも、大きくなるの、待ち遠しいですか？」

「ええ、待ち遠しいわ。早く大きくなってくれないと、こっちが潰れちゃいそう。あら、つまんない事言ってしまったわ、ごめんなさいね」

後から考えると、彼女の華やかな様子の裏に、かなりの疲労が隠されていたのかもしれなかった。彼女はずっと我慢していたのかもしれない。

友人が車で迎えに来るので、待っている間、よかったらお喋りに付き合ってと頼まれ、二人は管理人室前の廊下の小さなベンチに腰を下ろした。

「貴女のご両親のこと聞かせて」

と、言われたが、母が早くに亡くなったことや、父が今、日本にいない事など、本人にしてみれば、あまり変わりばえのしない事を話した。だが、敬子は聞き上手で、時々、「そうなんだ」とか「そうだったの」とか合いの手を入れてくれたので、話す方もだんだん張り合いを感じてきた。話が少しの間、途絶えた時、「あのう……」と翠は思い切って尋ねた。

「そのパールのネックレス、いつもしていらっしゃるでしょ。真珠が大好きなんだなあと思っていました。それともお守りかなあって……」

いつか、和服の時も彼女の襟の奥に光っていたのを翠は憶えていたのだ。

敬子は、胸元のパールをまさぐってから、翠の顔を見て、不思議な微笑を浮かべた。

「お守り、そう、お守りみたいなものね。元気が出るのよ、これをしてると。実をいうと、これはね、わたしが今までで一番愛した人の形見なの」

遠い目になった。翠は、ふっと思った。この人は昔、素敵な恋をしたのだ。その亡くなった男性から贈られたものに違いない。今、幼い子供を置いてこんな遠くの町まで来て一人で苦労しているけれど、その素敵な彼との思い出がずっと敬子さんを支えているのだろう。

車が来て、「ではね」と言って、立ち上がろうとした時、敬子は一瞬よろめいた。

「大丈夫ですか?」

驚いて上半身を支えて上げようとして、翠まで転びそうになった。重かったのだ。

「大丈夫。ちょっと、立ちくらみしただけ。それより、貴女大丈夫だった? わたし、見かけより重いからね、御免なさいね」

彼女は苦笑いしながらゆっくりと立ち上がったが、肩で息をしている。本当に大丈夫かなと翠は心配したが、相手は「大丈夫、大丈夫」と呪文のように繰り返し、笑顔を残して出掛けていってしまった。


その二日後、敬子は翠の部屋の扉を叩いた。

「どうぞ、お入り下さい。お茶でもいかがですか」

だが、彼女は遠慮して、中へ入ろうとしない。

「坂元日出男くんとお近付きになったわよ。貴女とわたしが同じアパートに住んでいること、会員名簿から分かったのね。向こうから挨拶してきたの。彼、今時珍しいくらいいい子ね。貴女の事話す時、とてもいい顔になるの。それで分かった……ねえ、あの子だったら、いいわよ。貴女、将来、絶対に幸せになれるわ」

思わず顔を赤らめた翠の様子を、敬子は満足そうに眺め、帰っていった。


「テロスという地底都市のこと知ってる？」

ある日曜日の昼、木綿子が翠の部屋に遊びにきて、食事の時、真面目な顔で尋ねた。

「地底都市？　また、どうして地底なの？」

「それがね、本当に地の底の話なのよ。楠男がね、今、夢中になっている本に書いてあるんだって。彼、考古学の勉強をしているうちに、地球の内部にまで興味を持ってしまったみたい。行き過ぎだよ。彼が今まで勉強してきた分野と方向が少し違う気がするんだけど、このまま放っておいていいかな。」

その本なら翠も読み齧っていた。なかなか面白い。二十一世紀になって、いろいろな事が明るみに出ている。今までの科学や普通の常識では説明できない事もいっぱい発表されている。でも、今、その話に深入りする前に木綿子の心配を取り除いておこうと思った。だいぶ前のことだった。日出男が高校三年の後半に、いくつか誘いのあったスポーツ選手への道を断わり、では、どの方向を選ぼうかと進路のことで真剣に悩んでいた時、翠までやきもきしているのを知って父が諭してくれた。「どんなに親しくても、お前は何も言わないほうがいい。意見を求められれば別だがね……彼が何を選ぶかは、彼が決めることだ。人間にとって試行錯誤というのは大切な事なんだよ」

今、それをはっきりと思い出したのだ。

「放っておいていいと思うよ。おかしいと気付けば、自分で軌道修正できる、楠男くんてそういう賢い人だもの。でしょう?」

「そうか、そうだよね。……放っておくとするか」

今、木綿子は大学の天文部の学生たちが撮った天体写真展の準備で忙しいので、誰とも、親しい友人たちとも、めったに会えなくなっていた。少々疲れて、神経質になっていたのかもしれない。彼女はこの夏、山形県や秋田県を一人で回って、日本海に沈む夕日や、夜空の星の写真を沢山撮って、今日はそれを見せに、久し振りに訪ねてきたのだ。ゆっくり、息抜きさせて上げたかった。自慢の一枚に、北極星がカシオペア座の傍にあり、木綿子の解説によれば、カシオペア座ははっきりと、英語のWの字の形になって写っていた。

「きれいね。カシオペア座とアンドロメダ座とペルセウス座が、みんな近くに固まっているんだ。へえ、ギリシャ神話が大空で繰り広げられているんだ」

その日の翠の献立はケチャップを効かせたチキンライスだった。デザートは祖母の友人が岡山から送ってくれた瑞々しい緑のぶどう、アレキサンドリア。色の響き合いを演出したのが見事に当たって、木綿子の表情が和やかになったのが翠にはとてもうれしかった。

その木綿子たちの写真展が終わったのは十月。日出男が通学しているホテル専門学校では十一月に学園祭があるという。彼がどういう形で参加するのか、親しい友人たちは、みな楽しみにしている。

女性にもいろいろな人がいて、一筋縄ではいかないという体験をさせられたのは、その頃だった。翠は、週に二日だけ知り合いのアパレルショップでアルバイトをしていた。ある日、客に頼まれるままに二、三着のブラウスを取り出して試着させていたら、足元に金色のきれいな口紅のケースが転がってきた。

「すみません、拾って下さる?」

一メートル少し離れた所から、白髪の品のいいお婆さんがにこにこして声を掛けてきた。

翠が屈んで拾って渡すと、眉墨も見つからないという。どうやら、バッグの中身を床にぶちまけてしまったらしい。試着室の方を窺うと、まだ客が出てくる気配はない。とりあえず、翠はしゃがみ込み、きょろきょろ見回したが眉墨は見付からなかった。気が付いたら、ブラウス二枚を自分の荷物に隠して立ち去ろうとしていた四十歳代の客が、向こうの方で警備員に捕まっていた。白髪の老婦人も足早に立ち去ろうとしたところを、先輩の店員の金切り声で、翠は慌てて、そのコートの袖を摑んだ。振り返った老婆の怒りの形相ときたら、もの凄く恐ろしかった。その二人はグルで、初犯ではないらしいと後で主任に聞かされ、更にショックを受けた。しばらくして、翠は熱を出した。こんなことでと、全く心外だったが、上司に話して早引けさせてもらった。建物の外へ出ると、雨で舗道が濡れていた。気落ちした翠は、滑らないように気を遣って歩くのがやっとだった。

アパートの玄関に辿り着いた時、あのベンチに腰掛けて、敬子が携帯電話で誰かと話していた。肩肘を曲げて壁に寄りかかり、もう一方の腕も曲げていたので、熱で朦朧としていた翠の目には、Wという大きな字が斜めに腰掛けているように見えた。

「あら、お帰りなさい」

彼女は翠の様子に気が付いて、電話を切って寄ってきて、額に手を当ててくれた。

「あら、ひどい熱ね。風邪を引いたのかしら」

「違うの。いろいろ、あったから……」

「えっ、誰かに苛められたの？」

「違います。わたし、泥棒を捕まえたんです。そしたら、熱が出てきちゃって……」

「泥棒を捕まえて、熱を出したの？」

「はい」

「何だか、よく分かんないけど、とにかくお部屋に行こう」

翠の部屋まで連れてきてくれて、「勝手に開けるわよ」と断わって、押入れから寝具を出して敷いてくれた。

「風邪かな、それとも、ストレスかな。お医者さん呼ぶ？」

「いえ、お医者さんなんて……寝ていれば治ります」

「そうね、少し、様子を見ましょう。……喉、渇いたんじゃない？」

冷蔵庫を覗き、オレンジジュースを出してきて、コップに注いで飲ませてくれた。

「お薬は？」

「持ってません。わたし、お薬、嫌い」

「まあ、困った子ねえ」

濡れたタオルを額に当ててもらった時、翠はうれしかった。

「お母さんみたい」

敬子は、あははと笑った。

「せめて、お姉さんと言ってほしいわね」

そして、枕元にしばらく付いていてくれた。

翠は心配になった。

「お店に行く時間じゃないんですか?」

「まだ大丈夫よ。心配しないでお眠りなさいな」

立ち上がって、開けっ放しだった押入れの襖を閉めながら、

「確かに乾いているわね。うちんとこと違うわ」

「お宅、まだ、カビが生えるんですか?」

「いいえ、カビは退治できたと思うわ。でも、なんとなく湿っているの、空気がね」

「やっぱり、沼だったりして」

思わず、口から出てしまったのだ。

「沼？　ああ、そうかもしれないわねえ。わたしもそう思うわ」

敬子と話しているうちに翠は楽しくなって、急に元気が出てきた。くすりと笑う。

「どうしたの？　何か面白い事、思い付いた？」

「はい。敬子さんとこの押入れ、床下に階段が付いていていて、沼の底は地下宮殿への入り口だったりして……」

「へえ、面白いわねえ」

「敬子さんは、地下宮殿の女王さまで、今ここにいるのは世を忍ぶ仮の姿で……」

「世を忍ぶ仮の姿？　案外、そうかもしれないわよ」

「はい。魔法も使えて、さっきのジュースに魔法をかけてくれた」

「そうよ。だから、早く元気になれたのよ。どうやら、一時的に出てきた熱ね」

また、額のタオルを換えてくれた。

そこへ、木綿子が、慌てて駆けつけてくれた。

彼女と入れ替わりに敬子は店に出掛けていった。

その晩は木綿子が一緒に泊まってくれた。

明け方、翠は気持ちよく目覚めた。もう、すっかり平熱に戻っていた。木綿子が傍で、すやすやと眠っている。自分の部屋から、わざわざ布団を運んできたらしい。

机の上に立て掛けてあったのは、ステンレス製の額に入っている星座の写真だった。翠が気に入ったので、もう一枚焼き増ししてプレゼントしてくれたらしい。カシオペア座はやっぱりWという字に星が集まっていた。昔、カシオペアという王妃がいた。「わが娘アンドロメダは海の妖精よりも美しい」と豪語したばかりに神々の怒りを買い、海の怪物＝くじらに娘は生贄《いけにえ》として捧げられそうになる。それを救ったのは英雄ペルセウス。彼はアンドロメダを妻にした。母親が悪いのに、何故、当人でなく、娘が殺されそうになるのか、翠は子どもの頃にこの話を読んで、理不尽だと思った。昨日の万引きの犯人も母と娘だった。あのお婆さんは身だしなみよく、どこか自分の祖母に似ていた。オレンジ色の口紅を薄くつけた唇で白々しく嘘をついた。女は英語でWOMANと言う。白はWHITE。WHYは「なぜ」。WHOは「だれ」。WHATは「何」。そう、くじらもWHALL。そして、水もWATERだった。どうやら、「W」は謎めいた字だ。きのう、翠は玄関先で、電話していた敬子が［W］という字に見えた。あれは不思議議だった。

「元気になったんだ」

振り向くと、木綿子は寝床の上で両手を挙げて、大きく伸びをしている。

「ありがとう。お蔭様でした」

「敬子さんに感謝しなければね。本当に親身になって看病してくれてたよ」

「うん。わたしがね、『お母さんみたい』って言ったら、『お姉さんの方がいい』って言われた」

「そりゃそうでしょうよ。三十代の後半かなあ。でも、魅力的だね」


晩秋のある日曜日、それこそ久し振りに、翠と木綿子は二人だけで映画を見に行った。楠男は考古学教室の仲間と教授の家に招かれていた。

その日、二人が見たのは、一人のキャリアウーマンが休暇中に、思いがけない殺人事件に巻き込まれるという、イギリスのミステリーだった。事件はやっと解決したが、ヒロインの休暇は終わり、せっかく心が通い合った男友達とも別れて、のどかな田園から再び、喧騒の巷に戻っていかなければならないという筋だった。鼻先がちょっと上を向いている主演女優が木綿子の大のお気に入りだった。

帰りに、オーガニックのパンと、野菜たっぷりのスープが売り物の店で軽い食事をした。半端な時刻のせいか、二人の他に、客は中年の女性が一人だけで、奥のテーブルに座って飲みかけのカップを向こうに押しやり、手紙を書いていた。

「ねえ、あの小母さんの手紙の中身、何だと思う?」

昔から、木綿子はこういうゲームのような事が好きだった。

「携帯ですむところを、わざわざ手紙にしてるところを見ると、結構、言いにくい事かもしれないね」

「たとえば、何だろう。愛の告白とか……不倫のお誘いとか」

「単身赴任の夫に恨み言とか、案外、息子に意見するとか」

「そうだよ。今の親たちって、自分の子どもたちに、はっきりものが言えないんだよね。どうかしてるよね」

声を潜めて話していたつもりだったが、何しろ、他に客がいないのだ。問題の女性は、ふと、こちらを見た。二人は急いでコーヒーを飲むふりをしなければならなかった。

そのうち女はバッグの中を掻き回し、切手を見つけ出した。それを舌の先でぺろりと舐め、テーブルの上の封筒に貼ってから、掌でバンバンと叩いた。コーヒーカップが受け皿の上でカタカタ躍った。翠たちは思わず顔を見合わせた。吹き出したいのを堪《こら》えるために下を向く。木綿子が囁き声で言った。

「やっぱり、ラブレターじゃないよ。あれは、絶対、決闘状だ」

我慢しきれなくなって、翠は涙を出しながら笑った。

日脚がぐうんと短くなっていた。向こうのビルディングの、かなり高い窓に、暮れかけた空と、刷毛で刷いたような薄い雲が映っていた。日曜日の夕暮れだというのに、ビルのいくつかの窓に明りが点いていた。休日出勤して仕事をしているのかもしれなかった。翠は、ふと、日出男は今日のような日、何をして過ごしているのかなと思った。二年間で学ぶことは山のようにあって、一年時からホテル実習とアルバイトをして、学費を自分である程度稼げるという利点もあるが、目的意識をきちんと持っていないと挫折する者もいると、父から聞いていた。日出男の意志の強いのは知っている。臍曲がりなところもある。

中学三年生の時、翠は日出男と久し振りに同じクラスになり、家に遊びにくる時の礼儀正しい少年とは全く違う顔も見せられて吃驚した。その一つが、ある時期、給食の時間になると、みなが食べる前にお菜に手を付け、お替りにいく。数人の男子が真似をし出して、ある日、必要量が足りなくなった。学級担任は職員室に待機しており、若い女の教育実習生が一人だけで、泣きそうになった。給食当番の女生徒が、隣りの教室に貰いにいった。

さすがに応えたのか、次の日から、日出男のその悪ふざけはぴたりと止んだ。他の男子たちにも睨みをきかせ、それでも、まだ食器を持って前に出ていきそうな子がいると、「止めろ！」と、小さく言って、睨みつける。クラスの中で、彼は、学級委員長とはまた違う特異な統率力を発揮していた。学級副委員長だった翠は、そんな彼を内心ひそかに恰好いいなと思った。

地下鉄の電車から降りて地上に出ると、日はすっかり落ちていた。アパートまで歩いて十五分くらいの距離だ。バスに乗るまでもないと、途中、出来たばかりの生協の店に寄りながら、二人はぶらぶらと歩くことにした。

「お腹空いてないけど、このまま、何も食べない訳にもいかないね。夜は長いんだもの」

「うん、煮込みうどんにでもしようか。味噌味にして……」

「うん、そうしよう」

サイレンを鳴らしながら近付いてきた救急車が二人を追い越していった。

「いずれはこの辺も、びっしり、家が建つんだろうね。車が少なくてせいせいしてたんだけどな」

木綿子が溜息をつく。彼女は、空気が濁って、星が見えなくなるのが嫌なのだ。

「きのう、近くの空き地で地鎮祭をやっていたよ。神主さんが祝詞を上げてた」

「ふうん。ねえ、あれをしないと、どうなるの？　土地の神様が怒り出すの？」

「さあ、分からない。どうなんだろう。ご挨拶じゃないかな、『よろしくね』という……」

（わたしは、大地の素晴らしい力を信じたい）と翠は胸の中で呟く。理科系の人間でないから証明しなさいと言われたら困るけれど。楠男が興味を抱いた話。多分、あの本だと思うけれど、地球の内部は大きな空洞で、地殻が隔壁になり、その内側には調和に満ちた世界に暮らす高位の存在がいて、地上の世界を常時サポートしていてくれているというのだ。つまり、わたしたち人間は、天からも地からも高次元の守りを享けて生きているのだ。

木綿子が急に立ち止まり、前方をじっと見ている。

「どうしたの？」

「ちょっと、あれ、さっきの救急車じゃない？」

翠たちのアパートのあたりで人だかりがしていた。

「……のようね……どうしたんだろう」

「行ってみよう」

石段の上で、管理人の小父さんが毛布らしい物を片手に、だいぶ慌てている。翠たちを見つけると、大声で呼んだ。敬子さんを病院に運びたいのだが、二人のうち、どちらでもいいから付き添ってくれないかと言う。

既に、車内に運ばれていた敬子さんの顔色といったらなかった。ひどい腹痛で、管理人室の前で動けなくなったらしい。

「うん、わたし、行く」

木綿子が救急隊員の一人に申し出ている。

「わたしも行く」

「ううん、残ってて。何か、用事が出てくるから、一人残っていたほうがいいよ。後で電話するから。ああ、そうだ、健康保険証。健康保険証がいるよね」

汗びっしょりになって苦しんでいる敬子の姿に、翠は仰天した。屈んで、汗を拭いて上げる。

「もう少しだからね、敬子さん、頑張って。大丈夫よ、もう少しよ」

敬子さんは薄目を開けた。

「御免ね、心配かけちゃって……」

こんな時でも、彼女は笑顔を作ろうとするのだ。

保険証の写しが、バッグの中にあるという事が分かって、彼女は運ばれていった。サイレンの音を響かせながら……

潮が引いたように誰もいなくなってしまった戸外に、翠はしばらく立ち尽くしていた。夜になってから雲が多くなったのか、星が一つも見えなかった。アパートの上に暗い暗い空が口を開けている。田んぼの向こうに見える雑木林も、その向こうの低い丘も、また、この辺一帯に水を送っている丘の上の給水タンクも何にも見えなかった。周囲に何も見えないという事は、やっぱり尋常でない気がしてきた。その時、目の前のアパートの建物が、一瞬ぐらりと揺れて、少し傾いたような気がした。

翠は身震いして、明るい玄関の中に走り込んだ。階段を上りながら、このアパートの下はひょっとして、敬子さんが言うように沼だったのではないかと思った。

その時は、その沼の底の、もっと底から、涅槃《ねはん》の光が放射されているかもしれないという、わくわくするような話は、翠の頭の中からすっかり消し飛んでいた。

木綿子から連絡が入ったのは八時を過ぎていた。

敬子さんは極度の疲労やストレスが溜まって、急性の膵炎を起こしたと思われるが、詳しい検査は容態が落ち着いてからということになった。今、痛み止めが効いて眠っているという。管理人にはその事を報告したが、一つだけ言っていない事があるという。そして、木綿子は急に声を潜めた。

「驚かないでね……」

「何？……どうしたの？……早く言って」

「敬子さんの本当の名前は国東昇《くにさきのぼる》。のぼるはショウと書くの。朝日が昇るのショウ」

「それ、男の人の名前じゃない」

「そう、彼女、本当は男だったのよ」

「だって、敬子さんは双子ちゃんのお母さんだよ」

「だから、正確にはお父さんなのよ。結婚して、子どもが出来て、奥さんが病気で亡くなって、その後に女になったの」

翠は吃驚して、声も出なかった。

あの、美しい容貌と身のこなし。今の今まで、女性そのものとばかり思っていた。優しくて、温かな人柄。翠が看病してもらった時、お母さんて、きっと、こういう人なんだろうなと思ったくらいだ。俄かにそんな話、信じられない。

「驚いたでしょ。わたしだってそう。でも、それはそうとして、管理人の小父さんに話して、敬子さんの部屋を開けてもらって、次の物用意しといてくれる? 先ず、洗面用具、タオルもいるわね。それに……」

翠は木綿子に言われた通り、てきぱきと荷物を作った。運び易いように、自分の所にあった箱や風呂敷を使った。敬子の部屋はさっぱりと片付いていた。食器はほとんど白の無地。数は少ないが、センスのいいものばかりだった。「ごめんなさい」と、小さく断わって、衣装ダンスや、押入れを開けさせてもらって、替えの寝巻きや下着を探し出すのは、とても簡単な事だった。全部、女性が着る物だった。押入れの下の段には木製のすのこが敷かれていたが、物は一つも置かれていなかった。(もちろん、下へ下りていく階段などなかった。)かなりの読書家と見えて、本棚には「水滸伝」や「プルタルコスの英雄伝」などがあった。勇ましいのが好きなんだ。なるほど、外見は女でも、中身は男性のままなんだ。

再び、木綿子から連絡が入り、日出男が荷物を取りにきて、病院まで運んでくれることになったという。

「楠男に頼んだら、彼、アルコールが入っていて運転出来ないのよ。彼から日出男くんにバトンタッチしてもらった」

「日出ちゃん、ここ、分かるかしら。一度も来たことないよ」

「星ヶ丘生協の看板を目指して行ってと言っといたから大丈夫。男の人って、案外、方向感覚が鋭いものよ。翠とは違うんだから」

そうでしょう、そうでしょう、わたしは、本当に、よく迷子になる。自分でも嫌になる。雨が降り出した。日出男が濡れてくるかもしれないので、熱いお茶の用意をした。食事前かもしれなかったので、うどんのだし汁も多めに作った。

敬子さんの病気が軽くてすむように願う。多分、彼女は、幼い子どもたちのために、父親と母親の両方になろうと決めたのかもしれない。普通のサラリーマンだったら稼げないような高額のお金も、夜の仕事だったら努力次第で稼げると聞く。一大決心をして、姿かたちを変えて南の国から北の方まで旅をして、わたしたちの前にやってきたのだ。

翠が予想していたのよりは遅く、日出男はバイクに乗ってやってきた。迷子にはならなかったが、病院に見舞って様子を聞いてから来たのだという。

しばらく振りで会った彼は少し顔が細くなったように見えたが、元気そうだった。夕食はすませたということだったが、ジーンズの膝を折り曲げ、正座して、煮込みうどんを食べてくれた。初めてやって来たのに、彼が今ここに居るということがとても自然で、何の違和感もないのが不思議だった。彼はこの部屋の空気にすっかり溶け込んでいた。

「何、どうかしたか？」

「うん、日出ちゃんが来てくれて、わたしの、この部屋、すごく喜んでいるみたい」

翠の、こういう一風変わった言い方に、彼は少しも驚かなかった。いつの間にか馴らされていたのかもしれない。

「ふうん」

と言いながら、部屋の中を改めて見回している。

「あのね」

「何？」

「国東さん（翠は、あえて苗字を使った）、男の人だったという事、日出ちゃん知ってた？」

「うん。木綿ちゃんからも同じ事訊かれた」

「……そうか、知ってたんだ」

敬子さんの素性は、この街の、夜の世界に働く人々には周知の事らしい。きっぷがよくて、面倒見がよくて、それに美しいときている。それなりの妬みを受けたり、苦労もあるらしいが、逆に大勢のファンもいるらしい。

「あのな、お前、俺に変な趣味があるなんて、誤解すんなよ」

「変な趣味？……ああ、分かった。しないわよ。わたしも、敬子さん大好きだよ。女の人として、いや、人間として……かな」

「人間として……か。ふうん」

「そう、人間として。この言い方、おかしいかなあ」

「別に、おかしくはないさ」

「でしょう？」

それから、彼は黙って食べ終わった。

「旨かった」

「お替りしてちょうだい」

「いいよ、眠くなるから。向こうでも待ってると思うし……」

本当は、翠も行きたかったが、ヘルメットが一つしかない。

連れだって、外へ出た。

雨が上がって、雲の隙間から上弦の月が見え隠れしている。雲の流れが速いので、月が西に向かって、まるで駆け足をしているみたいだった。

「また、遊びにきてね。美味しいもの作るから」

バイクを移動させようとしていた日出男が足を止めた。翠の方に真っ直ぐ向き直る。

珍しく、何か言いよどんでいる。

ついに、重い口を開いた。

「俺、純から頼まれた事があるんだ……」

「えっ？」

急に、亡くなった弟の名前が出てきたので吃驚する。

「俺、純から、『将来、姉ちゃんをお嫁さんにしてやって下さい』と頼まれてたんだ。……あいつ、だいぶ前から、お前が一人ぼっちになるって、そればかり心配してたんだ。自分が長いこと生きられないと悟っていたみたいだった。姉貴想いの、全くいいやつだった。……でもさ、でも、お前の方はどうなんだ？　俺でいいのか？」

これって、プロポーズ？

翠は、心のどこかで、この事実をとうに知っていたような気がする。すべての事がジグソーパズルのように、ぴたりと当て嵌まるのだ。名前を呼び捨てにされたり、お前と呼ばれたり、全然、気にならなかったけれど……それも不思議だ。

やっぱり、そうだったんだ。純は、翠が自分でさえ気が付かなかった本心を、とうに見抜いていたんだ。そうして、お膳立てをしてくれた。急に両眼から涙が噴き出した。純、ありがとう。

今更、いいも悪いもないんだけどな……でも、きちんとした言葉にはならなかった。

日出男は泣いている翠の様子をしばらく眺めていた。それから、近付いてきて、両手で彼女をそっと引き寄せた。

（彼の体って何て温かいのだろう。まるで、お風呂に入っている時みたいだ。）

翠が見上げると、彼の表情は陰になってよく見えなかったが、何だかその黒い目は濡れているようだった。やがて、日出男の唇が翠の額の真ん中に触れて、そのまま、しばらくじっとしていた。


気が付くと、バイクのエンジン音がしていた。翠ははっとして二、三歩近付き、叫んだ。

「行ってらっしゃい！」

父から聞かされていた。ホテルのスタッフは、客を送り出す時にそう言うのだそうだ。

そして、慌てて、「……ませ」と付け加えた。

日出男が笑った。白い歯がちらっと覗いた。片手を軽く振ってから走り去った。

その晩、床に入ってからも、翠はなかなか寝付かれなかった。あの後、遅くまで病院にいてくれた木綿子は、距離からいって、ここよりずっと近い実家に今夜は泊まると言ってきた。日出男ももう帰宅したらしかった。敬子さんの傍には店の親しい仲間が泊まってくれるので、心配ないらしい。

明け方、翠は夢うつつに、最高のビジョンを見せられた。

透明な水の底に、敬子さんが静かに横たわっている。「今は休憩中よ」と言わんばかりに、仰向けになって悠々と明けていく空を眺めている。長い髪が藻草のように揺らめく。やっぱり、貫禄がある。

沼の上をそよ風が吹き渡ると、一面に漣《さざなみ》が立って、敬子さんの体の表面に光が微妙な縞模様を描いた……

聖家族教会《サグラダ・ファミリア》

一九九〇年の春、翠の両親は幼い翠を祖父母に託してスペインに旅をした。二人で出掛けた最初で最後の旅らしい旅だった。それから間もなくして、母ミドリは病死した。母はその旅の楽しかった記録を克明に書き残していた。翠の父は、遺されたそのメモをアルバムと共に大切に保存していてくれた。母が撮ったと思われる、聖家族教会の天使群の彫刻の写真には、天空から降りてきたと思われる白色とピンクの優美な光が写っている。これは天使降臨の際に現れる光であると、ある人が読み取ってくれた。更に、ガウディの作品を中心にいくつかの建物を撮った父の写真にも、不思議な白色の光体が幾つも見られた。十数年も前のことだった。これは単なる偶然か、それとも必然か……いずれにしても、これらの事に触発され、翠は想像力を駆使して若い男女の旅物語を書いた。この作品を、翠は、自分の両親へ、また、母と同じように若くして亡くなった日出男の両親、そして将来の伴侶日出男へ、限りない愛と感謝を込めて献呈しようと思う。


ブーン、ブーンと電線が共鳴し、唸っている。

それは、まるで、宇宙船がこの家の屋根に近付いてきては、また遠ざかっていくような感じだった。

かなりの風だ。

ぼくは、昔、凧揚げ大会に参加した時のことを思い出した。凧というのはあまり風が強過ぎても駄目だ。でも、ちょうどいい風でうまく揚がった時は、今みたいにブーンブーンと唸りながら、どこまでもどこまでも上昇しようとする。引っ張られる力と引っ張る力の釣り合いを保つための、あの微妙な駆け引き。ぼくは緊張し、興奮し、頭のてっぺんから足の先まで熱くなる。あの頃のぼくは、遊びにかけてはいっぱしの名人だったと自負している。

凧揚げ大会は、残念ながら、ぼくが小学五年生の時になくなった。広々とした河川敷にちゃちな公園が出来、遠くまで走れなくなったことと、それまで毎年のように取り仕切ってくれていた小父さんたちの一人が引っ越していったためらしい。それでも、ぼくはしばらくの間、最後の凧を部屋に飾っていた。揚げられなくなった凧は急速に生気がなくなって、みすぼらしくなっていったけれど、なかなか捨てる気にはなれなかった。祖父が田舎の知り合いに頼んで買ってくれた、金太郎の顔が描いてある赤い凧だった。

ある日、母の親友の和井内百合子さんが、娘のミドリちゃんを連れて横浜からやってきた。ぼくは二人の母親に頼まれて、その子とぼくの部屋で遊んでやらなければならなかった。こまっしゃくれた子で、ぼくは、この二歳年下の女の子にたじたじだった。

彼女は父親の仕事の関係で、アメリカ生まれのアメリカ育ち。日本語はまあまあだったが、帰国後、アメリカンスクールに通っていた。

ぼくの部屋に入るなり、彼女は壁に掛かっていたぼくの凧を見つけ、大いに興味を抱いたようで、終いには欲しいと言い出した。ぼくが渋っていると彼女は言った。

「これ、くれたら、キスさせて上げる」

ぼくは、ぽかんとした。こんな子、初めてだ。

「嘘なんかつかない。この凧、くれるんだったらキスさせて上げる」

「きみ、キスしたことあるの?」

「まあね」

彼女は可愛らしかった。彼女の頬はばら色に輝いていた。ぼくは誘惑に負けた。

椅子に上って凧を外し、彼女に渡した。

胸をどきどきさせながら、彼女の顔に唇を近付けた。

彼女はすかさず顔を背け、ほっぺたを突き出した。

「馬鹿! ここだよ。ここに決まってるじゃん」

ぼくは、キスというから口かと思っていたのだ。映画の見過ぎかもしれない。

こうして、ぼくは凧を取られてしまった。

その後、ミドリはアメリカの高校に行ったとかで、ぼくらは、それから何年もの間会っていなかった その間ぼくは一回淡い恋をしたが、それは実を結ばなかった。

ぼくは工業高専の建築科に進んだ。大した理由などない。強いて言えば倍率が低かったからだ。

三日前、ぼくは三十九度五分の熱を出した。インフルエンザだった。今日、どうやら熱のピークは過ぎたようだが体の節々がまだ痛い。眠っては目覚め、眠ってはまた目覚めるという、まるで赤ん坊のような体たらくで三日間を過ごしていたらしい。

ノックの音がして、母が入ってきた。

「目、覚めてた？　どう、気分は？　まだ、熱があるかしらね。何か食べてみる？」

ぼくは、一体、どの質問に答えたらいいのだろう。お袋はいつもこうなのだ。

ぼくが返事をしなくても平気で、彼女はぼくのベッドの端に腰を下ろした。

「さっき、風花《かざばな》が舞ってたよ。寒いのねえ」

「何だ？　それ……」

「あんた、風花、知らないの？　風に乗って遠い所からやってくる雪のかけらのことよ。山は雪なのかなあ。ねえ、ねえ、シェラ・ネバダの白い雪、きれいだったね」

いささか戸惑いながら、ぼくは「うん」と生返事した。初めての海外旅行の興奮からお袋はまだ冷めていないようだ。ぼくの、風邪の熱に浮かされた状態と似たようなものだ。

ところで、ぼくはいったい何時間眠っていたのだろう。ぼくの所からは机の上に置いてあるはずの二つの腕時計は読めなかった。

「出掛けるんだろ？　もう行けよ。おれ、大丈夫だからさ」

また、知り合いにお土産配りに行く気なんだ。何というタフな人間なのだろう。帰ってきた翌日から終日仕事をし、休日にはほとんど出歩いている。それに引き換え、このぼくときたら……起き上がれないのだ。

「ねえ、何か食べなさい。食べないと治らないよ。お粥作ったから持ってくるからね」

「いらね。あんな、やわなもん食えるか。食うなら、普通の飯の方がまだましだ」

「困ったわね。電気釜でお粥作ってしまったのよ。お粥って増えるのよね。三日分くらいあるわ。まあ、とにかく、少し、持ってくるわね」

どうでもこうでも食わせたいらしい。ぼくは、また熱が上がるかもしれない。

一人になると、ぼくは、さっきまで見ていた夢を思い出した。あり得ない事なのだが、この部屋にネズミが一匹迷い込んできて、畳の上に脱ぎ捨てられた母の毛糸の室内履きの中に出たり入ったりしているのだ。その後、若い女の気配が部屋の中を対角線状に横切っていった。顔も姿もはっきりしないが、母でないことははっきりしている。別に用事があった風でもなく、ただ通過していったという感じだった。ぼくは、あれが誰だか目が覚めてから気付いた。

「アルハンブラには、猫が、とても似合いますわねえ」

ミドリの気取った声が、今にも聞こえてきそうだ。

ぼくが大体一膳分のお粥を食べ終わると、母は満足したのかいそいそと出掛けていった。出がけに、バルセロナで買った絵葉書を二、三枚、譲ってくれと言ったが、ぼくは即刻断わった。グエル公園の休憩所で、ぼくが喉の渇きを我慢しながら絵葉書を選んでいた時、母ときたら呑気に揚げパンにかぶりつき、コーヒーを飲んでいたのだ。

「けちね」

無視した。ぼく自身、ガウディの作品を撮った写真をもっと沢山買ってくるべきだったと、今ではとても後悔しているくらいだ。

ぼくは曲りなりにでも、建築の勉強をしているからガウディの作品の特徴くらいは知っていたつもりだった。しかし、見ると聞くとでは大違い。変わっているなんていうもんじゃない。ぼくがそれまで持っていた建物の概念が、いかに狭いものだったか思い知らされた。現に、そこには人が住んで、実際に使われている建物だ。彼が初めてああいう建物を建てた時、町の人々はきっとたまげたと思うのだが、スペイン人というのは元来が大らかで、度胸が据わっているのかもしれない。とにかく、最初は、ぼくもこの天才の毒気に当てられ、絵葉書なんかそんなにいらないと、何故かあの時はそんな気分になっていた。その割には写真をバチバチ撮った。ぼくのコンパクトなカメラでは、部分部分しか写せなかったが、屋根の破風の独特な曲線とか、壁に嵌め込まれた不思議な色のモザイクとかを意識して撮った。今、それを眺めているだけで、一種の臭いが漂ってきそうで、この感じは、そう、いつか図鑑で見た、密林の中に咲いている大きな食虫花のように危険な生命力に満ちている。

あのグエル公園の後、ぼく達一行は未完の大作、聖家族教会に行った。

ぼくが最初の海外旅行でスペインに行ったのは、単純ないきさつだ。父の学校時代の友人友田さんが誘いの手紙をくれたからだ。友田氏は、東京で世界の古楽器を集めた店を経営しており、奥さんは有名なギタリストだ。彼はギターなどの買い付けにスペインにもよく行くらしく、今回も何人かの希望者を募ってツアーを組織した。父は仕事の都合で行けないが、代わりに母を連れていってやってくれと、ぼくは頼まれた。少々気が重かったが、費用は父が全額出してくれるので文句は言えなかった。新聞社に勤めている父は、結構、海外に出掛けることもあり、ぼくに、自分の国を外から眺めるのも大切なことだと言った。

だが、

「たかが、一週間ぐらいでその行った先の国が分かるはずもないがなあ」
とも付け加えた。

一九九〇年一月三十一日の夕方、成田に集合してみて驚いた。約三十名のうち、母の学校時代の友人が八人もいたのだ。和井内百合子、ミドリの親子が行くのは母から前もって知らされていたから別に驚きもしなかったが、これではミニクラス会じゃないかと、ぼくは、また憂鬱になった。

久し振りに会ったミドリはすっかり大人びて、眩しいくらいで、視線が合った時、ぼくは思わず目を逸らせてしまった。でも、どことなく張り詰めたものがあって、他の連中とは全く感じが違っていた。

ぼくは時計を二つして行った。

ぼくたちが乗ったイベリヤ航空八九二便は、予定より少々遅れて午後八時十五分に離陸した。間もなく夕食が出て、やがて、機内の明かりが暗くなって、みんなは眠る態勢に入ったが、そうやすやすと眠れるものではない。母は日頃の疲れが出たのか、白ワインを飲んだ後すやすやと眠っていたが、ぼくは周りのひそひそ声が耳について、なかなか眠れなかった。そうこうしているうちに、ぼくの前の席にいたミドリが振り向いて、そっと声を掛けてきた。

「眠れないの?」

「うん、きみも?」

「うん」

ミドリもぼくも窓側の席なので、昼間だったら外を眺めて退屈しのぎも出来ただろうが、今は真夜中。その上、離陸後まもなくシャッターを下ろすようにと指示があった。

高度一二〇〇〇メートル、時速九〇〇キロメートル。全長、約七〇メートルの巨大な機体が宙に浮いて飛んでいるのだ。それにしては揺れがほとんど感じられなかったし、機内はぼくが自分の家に居る時みたいに平穏だ。そのうち、ぼくもとろとろと眠ったようだ。


太平洋の途中に日付変更線がある。

ぼくの左の手首の時計が午前二時十五分で、現地時間はなんと前日の午前八時十五分、アンカレッジに到着。さっそく、右手にしていたもう一つの時計を現地時間に合わせる。今まで飛んだ六時間はいったいどこへ消えてしまったのだろう。一瞬、ＳＦの世界に迷い込んだような錯覚を覚える。時間と呼ばれているものの曖昧さ。この世に確かなものなどないことを最初に学ぶ恰好の教材だ。

給油と乗務員の交替の間、ぼくたちはブリッジを渡り、空港内の免税店に押し出された。母上はお土産用に香水とウイスキーを予約した。

アラスカの上空はまだ明るくなったばかりだった。機上から見下ろすと、氷の山々の上に雲が立ち込め、その上にまた別の薄い雲が浮かんでいる。薄青い空。動くもの一つとしてない白い大地がしばらく続く。雲でさえも凍り付いてしまったようだ。

そして、ぼくたちは十七時間という飛行時間の間に、不思議にも二度目の夜を迎えた。左手の時計で午前十一時。ぼくは、だいぶ眠ったようだ。気が付くと、ミドリが一度下ろしたシャッターを半分開けて、窓の外を一心に見ている。ぼくも同じことをした。見下ろすと、雲海らしい平面の上は満天の星なのだ。雲海すれすれに大きく明るい星が一つ。目が馴れてくると、星の大小の違いがよく分かり、さらに無数の星が見えてきた。こんなに星があったのかと驚くくらいだ。空の色は三層に分かれており、一番下の雲海の近くが最も暗く、その上にやや明るい部分がしばらく続き、上空が不思議なことに、また暗い。

しかも、その空全体に星が瞬いている。ぼくは感動して、この気持ちをミドリに伝えようとしてはっとした。

体を窓の方にねじ曲げ、彼女はうなだれて両手を組み、何事か、一心に祈っていた。

初めてのスペインで、バルセロナから入ったのは幸運だった。

何もガウディだけでない。バルセロナの茶色の街全体が長年かけて作り上げた美術品だった。母は感激して、友田さんにさかんに質問を浴びせかけていた。建物と建物がぴったりとくっつき合って、まったく隙間がないのだ。といって、高さを揃えてある訳ではないので高さはでこぼこ、壁の色もまちまちだ。そして、思い思いに凝ったデザインの窓が並んでいる。母は、「地震がないなんて信じられない」と言う。だが、日本では地震が壊さなくても、ちょっと古くなった建物は、すぐ、人間が壊して新しいのと取り替える。

ぼくたちがバルセロナに朝早く着いて、貸切りバスでホテルに向かっていた時、街は小雨に濡れていた。右折しようと信号待ちをしていると、全体の骨の八割方は折れていそうな雨傘をさした中年の女が、ぼくの目の前を渡っていった。きちんとした服装で、どう見ても生活に困った人のようではなかった。母が言った。

「あの人、よっぽどあの傘が気に入っていて、他のを使う気になれないのよ」

日本人のガイドで、友田さんとも顔馴染みらしい古賀さんが言った。

「みなさん、心配しないでください。ぼくの経験上ここバルセロナでは、雨が一日中降っているということは、まず、ありません」

事実、ぼくたちがホテルで一休みして市内観光に出掛ける頃には、雨はすっかり上がり、途中で日が射してきた。


初めて聖家族教会を間近に見た時、どういう訳か、ぼくは、これは人間の肉体の裏返しそのものじゃないかと思ったのだ。スムーズ（円滑）とは程遠い凹凸だらけのもの、ごちゃごちゃして悪戦苦闘している何かなのだ。

ぼくたちは、西側に建築中の「受難のファサード」から見はじめた。首が痛くなるほど曲げて見上げた塔の中ほどに、まだ、天国に昇らないイエスが悲哀の表情を浮かべていた。黒色で、極端に細長くデフォルメされた、まさしく現代彫刻のキリスト像だった。ぼくがそれを見終わって、内側に入っていこうとした時、ミドリは、まだそこに立ちつくしていた。彼女の顔は涙に濡れていた。

言葉を掛けることも出来ず、少し離れて、ぼくは彼女が落ち着くまで待っていた。

やがて、彼女は涙を拭いて普通の表情に戻って言った。

「さっきね、あそこでコーラー売ってた。飲みたかったなあ」

「よし、買ってきてやる。ここで待ってて」

ぼくは、駆け出していった。「いいのに……」というミドリの声を背中に聞きながら。

実際は、二歳年下なのだが、昨日、出発前、空港で会った時以来、ぼくはミドリの方が精神的にずっと成長したように感じていた。しかし、涙を流している彼女を見ると放っておけなかった。

ぼくの母ときたら、画家の矢田部さんにこう言っている。

「ねえ、ガウディって、偏執狂みたいなところがあるわねえ。違う?」

同級生同士だから思ったままを言っているのかもしれないが、ぼくは少々恥ずかしかった。母は、率直を絵に描いたようなところがある。だが、悪気はない。

中庭は資材置き場になっていて、勿論、青天井だった。今、潜り抜けてきた「受難のファサード」を裏側から見ると、巨大なタンポポの茎を縦に裂いて内側に入り込み、そこから外を眺めているといった気分だ。内側には何もなく、のっぺらぼうだ。ガラスも入らない石の細長い窓の穴から薄青い空が見える。といっても、気を付けて見ると内側にもでこぼこがあるにはあり、矢田部さんの説明では、この一つ一つの台の上に神像が置かれる予定だそうだが、それが何年後か分からないという。

「一八八二年に着工したんだが、資金が続かなくなり、何度も中断したんだ。世界大戦、そしてスペインの内戦。聖堂どころではなかったと思うよ。銃弾を浴びて、壊れた部分さえある。完成の暁には、全部で十八本の塔が建つ予定なんだが、まだ八本だろう」

今でも、この教会の工事費は一般からの寄付と観光客が落としていく金だけで賄われているのだそうだ。ぼくは、天才ガウディが、設計図と首っ引きで工事の陣頭指揮をとり、なおかつ金集めに奔走しなければならなかった、その苦労を想像してみた。そこまで彼を駆り立てたのは何だったのだろう。神への深い愛だろうか。それとも、人としての尊厳だろうか。

最初に出来上がったのは、東側の「降誕のファサード」。

間近に下から見上げた時、ぼくはただ唖然として声も出なかった。このでこぼこは何なのだろう。雲ではない。鍾乳洞の中で見られる石灰岩の氷柱《つらら》状のものが垂れ下がっている。ひょっとしたら、繁茂する植物の葉の部分かもしれない。とにかく、ガウディは単純ではないのだから。その間に聖母マリアがいる。まだ赤ん坊のイエスがいる。大勢の天使たちが楽器を奏でている。今まで、所々に彫刻がある建物は見たことはあるが、これは、そんな生易しいものではなかった。四本の高い尖塔の中程から下の部分が横一つに繋がり、全体が彫刻そのもので出来ていると言ってよい。どこに何があるか捜しているだけで、日が暮れてしまいそうだ。カメラを出して下から仰ぐと、ＪＨＳの文字が見えた。母がこれはキリストの名前の略号だと言った。ここに彫られている天使や鳩や植物や、ありとあらゆる物が意味を持っているらしい。この塔全体が石に刻まれた聖書ということらしい。つまり、祈りそのものなのだ。

ぼくたちはふたたび中に入り、エレベーターで尖塔の途中まで行き、そこから上はかたつむりの殻の線のように曲がりくねった急な階段をぐるぐる回りしながら歩いて上り、石を刳り抜いて作った窓から街を見下ろした。一〇七メートルのこの塔の、いったい、どのあたりに来たのだろう。さすがに、ミドリも息を弾ませていた。

「ガウディたちは、この塔の一本一本を楽器にしようとしたみたい。例えば、管楽器とか、パイプオルガンとか、合唱とか、階下《した》の礼拝堂で鳴らした音楽がこの塔を昇ってきて、窓という窓からこの街の上を流れていくの。いっせいに鳴らした鐘の音でもいい、聖堂だもの。視覚と聴覚の融合を図ったのね。やっぱり凄いわ、アントニオ・ガウディって」

ミドリは敬意を表して、フルネームで言った。そして、うっとりとして目を閉じ、バルセロナの上空の空気を吸っている。

一八八二年、フランシスコ・デ・ビヤールという人が着手し、同九一年からガウディが引き継いだそうだが、惜しいことに、彼はこれらの塔の一本も完成しないうちに力尽きて、市電に巻き込まれ、轢かれて亡くなってしまったのだそうだ。

ところで、正直な話ぼくは高い所が苦手だ。目の前の小さな窓が昔の城の銃眼か何かに見えてきて、石の壁がじりじりと迫ってくる。だんだん息苦しくなってきた。ミドリを促してさっきのエレベーターまで戻ろうとした。彼女は面白そうな顔をした。

「あなた、閉所恐怖症なの？」

何だか馬鹿にされたような気がして、むっときた。それからしばらくの間二人は互いに口をきかなかった。昼食の時間が二時過ぎという異常な時間だったことも手伝って、ぼくたちは少しいらいらしていたのかもしれない。

友田さんは、一行を「ラ・クインテ」（小さな台所という意味）というレストランに連れていってくれた。そこで、ぼくたちは初めて一緒に食事した。海老を擦り潰してどろどろにしたスープとか、骨付き肉がごろごろ入った炊き込み飯パエーリャなどが出た。このパエーリャには驚いた。味は悪くなかったが、固くて尖った鶏の骨のかけらが飯の中に入ったままだ。口の中に入れて初めて気が付く。間違って飲み込みでもしたら大変だ。デザートのプリンときたら、直径が二十センチ以上もある深い皿の縁からはみ出している。さすがのぼくも半分しか食えなかった。

丸いテーブルを何人かの小グループで囲んで、ぼくの隣りは母、向かい側に和井内親子が座り、他に矢田部さんと、名前の分からない二人が座っていた。突然ミドリの母親がさめざめと泣き出したのには吃驚した。ミドリはというと、これもじっと下を向いて、ぼくは最初彼女も泣いているのかと錯覚したほどだ。ぼくの母はおろおろしながら、「どうしたの？　どうしたの？」と聞いている。矢田部さんは腕組みしながら、じっと天井を見上げていた。ミドリが顔を上げてきっぱりと言った。

「また、ママの悪い癖が始まった。みなさん、母はお酒が入るといつもこうなるんです。ご迷惑お掛けします。ママ、いい加減にしなさい」

「そうか、百合ちゃんは泣き上戸だったんだ。知らなかった」

と、矢田部さんは作り笑いをしたが、何か空々しかった。ぼくの母は騙されないぞといった顔で和井内親子の様子を注意深く見ている。

その母が、今度はみんなを慌てさせた。

その日の昼食は最初のスケジュール表に入っていない、つまり、別会計だったので、めいめいの支払いだった。そして、母はバッグの中に財布がないと言い出した。さっき、グエル公園で休憩した時にはあったという。

「エレベーターに乗った時はどうだった？　エレベーターで金払っただろう？」

「エレベーターには乗らなかったわ」

そうだった。母も高い所は苦手だった。ぼくの何とか恐怖症は親譲りかもしれない。みんなが心配そうにこっちを向いている。悪くてしょうがない。

「変だと思ったの。バッグの口が開いているんだもの。確かに閉めたはずなのに……」

「それはどこだった？　どこで気が付いた？」

友田さんが寄ってきた。申し訳ないな、全く。

「あれは……あれは、公園の中を歩いている時だったわ、確か、バスに乗ろうとして歩いたでしょう。変だなあ、どうして開いているのかしらと思って閉めたの」

「落としたのかしら。急いで戻れば、まだ、あるかもしれないわよ」

さっきまで泣いていた百合子小母さんまで心配してくれる。まだ、彼女の目は赤い。

「いや、ないと思う。落としたとしても、もう誰かに拾われてるな。ぼくは誰かに抜かれたんだと思う。第一、バッグが開いてたというのがおかしい」

矢田部さんの意見に、ガイドの古賀さんも同じ意見だった。母は、すっかり、しょげてしまった。

「いくら、入ってたんだ？」

そんなに入れているはずはないと思っていた。元来、母は用心深い方だから、金は分けて持っていたはずだ。

「七〇〇〇ペセタくらい。さっき、コーヒーに払っただけだから……そう言えば、あの休憩所で、ずいぶん混み合ってたじゃない。お金を払う時、後ろからぐいぐいと押してきた若い人がいたわ。ちょっとハンサムな人だったけれど……あの人だったのかしら」

みんな、にやにやしだした。

笑いを噛み殺して、古賀さんが聞いた。

「パスポートとか、カードは入っていませんでしたか？」

「ええ、パスポートやカードは大丈夫。ここですから」

母はスカートの上から脇腹を押さえてみせた。

「嫌な思いをさせて、すみませんでした」

母は深々と頭を下げた。それから、古賀さんと友田さんに付いていってもらって、警察に届けにいった。


翌朝、ぼくは午前七時に目が覚めた。窓の下の路地で男がいい声で歌を歌っている。意味は分からないが、とてもいい繰り返しだ。カタロニアの民謡か、いや、物売りの声かもしれなかった。寝惚け眼でベッドから抜け出し、窓の鎧戸《よろいど》を開けて下を見た。薄暗くてよく見えない。曇っているのだろうか。それにしても、日本の午前七時とはだいぶ違っていた。この薄暗さだったら日本では、この季節、まだ六時前だ。

ぼくは、昨夜、寝る前にテラスに出しておいたアグア・シン・ガス（炭酸抜きの飲料水）の飲み残しの瓶を開けてラッパ飲みをした。少し生ぬるかったが、喉を通っていく感触がなんともいい。それにしても、店で初めて使ったスペイン語が「アグア……水」だったとは！　ぼくは、それをバスの中で古賀さんから教えてもらったのだ。彼は、もう七年も日本に帰っていないという。スペインの女性を奥さんにして柔道教室を開くかたわら、日本からの観光客のガイドをしている。この副業の収入の方がいいらしい。全く、どこに行っても日本人だらけだ。このランブラス通りに面した大きなホテルの客も、この時期ほとんどが日本人で、ぼくは一瞬、ここは本当に外国なのだろうかと疑いたくなったくらいだ。母はまだ眠っている。昨夜、母は和井内親子の部屋で話し込んできた。帰ってきた時、泣いたらしくて目が真っ赤だった。

「真《まこと》、少し、付き合わない？」

彼女は百合子さんからワインの瓶と、オリーブの漬物を貰ってきていた。

母の話によると、百合子さんは、ある日、娘がしばらくの間スペインで暮らしたいと突然言い出したのには吃驚した。そして、いくら反対してもその決心を変えられなかったそうだ。ミドリはこの旅行の終わりに一行とは別れて、この国に残るのだそうだ。必要な物は出発前にもう送ってあった。初めて娘を手放す訳ではないのに、今回は寂しくて別れがたいと百合子さんの嘆きは深く、ぼくの母もすっかり同情してしまっていた。

「彼女、この間までアメリカで暮らしてたんだろう。そんなに心配することもないんじゃないか？」

ミドリは外国慣れしているはずだと、ぼくにしてみれば全く羨ましい限りだ。ただ、どうして今回はスペインなのだろう。

「ミドリちゃんがアメリカに行っていた時のルームメイトが、マリア何とかさんというスペイン人の娘さんでね、大の仲良しだったんだって。どこへ行くのも一緒。大学まで行って、卒業したらお互いの国を訪問し合う約束までしてたんですって」

「じゃあ、そのマリアさんの所に滞在する訳だ。安心じゃないか」

「それがね、そのマリアさん、亡くなってしまったの、事故で」

「事故って、交通事故？　アメリカだもんな」

「交通事故じゃないのよ、火事だって。学生たちがよく行くディスコ・クラブがパーティーのさ中に火事になって、大勢が煙に巻かれて逃げ遅れたらしいわ。ミドリちゃんは、たまたま入り口近くにいて助かったらしいけど、停電になって、もう中は大混乱。どうしようもなかったらしいわ」

「そいつは……うーん、ショックだったろうな」

「そりゃ、ショックよ。あの子、学校を退学して帰ってきちゃって、それから教会へ通い出したっていうもの。しばらくの間は自分を責めつづけたらしいわ。どうして、助けて上げられなかったのだろうって……」

精神科の専門医の所にも通ったが、結局、彼女は自分の強靭な意志の力で立ち直ったという。そして、あえて、親友の故国スペインに留学することを選んだのだ。マリアさんの父親がサマランカ大学で言語学の教授をしているという。そこへ行って、高校からやり直し、将来は比較文学をやりたいのだという。向こうの両親が身元引受人になってくれたのだそうだ。

「修道院に入るなんて言われるよりはましだけれど、この先、どうなるのかしら……親なんて寂しいものね。結局、何にもして上げられない」

と、百合子小母さんの涙は止まらなかったという。

「もう、日本には帰らないつもりかな」

「いや、そうは言ってなかった。でも、そういうことだってあり得るでしょ。スペインで、いいお相手が見付かって、結婚なんかしてさ……」

ぼくは、突然、訳のわからない寂しさを感じた。なぜだろう。

その午後、ぼくたち一行は飛行機でグラナダに向かった。いったん海へ出て、また、陸の上を飛ぶ。歴史に名高い地中海だ。青く霞む地中海をぼくは何枚も撮った。ぼくの隣りにはミドリが何事もないような顔をして座っていた。初め、ぼくは昨夜の母の話が気になって、何と話し掛けていいか分からなかったが、彼女が平気な顔をしているので、ぼくも次第に冷静になっていった。彼女が自分から言い出すまでぼくは彼女の留学について触れないことにした。ただ、この旅行が彼女にとって、彼女のママにとって、それから、出来ればぼくたち親子にとっていい思い出になればいいなと心から願った。

太陽の下のイベリア半島を機上から見下ろすと、あらためて山の多いのに驚く。スペインは山国なのだ。三方が海に面してはいるが、山が海岸のすぐ近くまで迫っている。この山が町と町を隔て、各地方に強烈な違いを生み出した。昨日の、まだ夜が明けないうちに飛行機は、確かに陸地の上を飛んでいると思われるのに、豆粒ほどの灯りもない暗闇が続いていたのを思い出す。そのうちに、オレンジ色の灯りが点々と見え、小さな塊になっているのは比較的、小規模の村か町だと見当はついたが、やがて、だいぶ大きな市が、ちょうど理科の教科書に載っている星雲の写真のような感じで現れ、そういうのが二つ三つあった。しかし、それぞれの距離がかなり遠いのだ。これは、友田さんの受け売りだが、バルセロナはカタルニア地方、これから行くグラナダはアンダルシアで、この二つの地方だけを比べてみても、スペインでは風土や習慣、住民の気質などに著しい違いがあるそうだ。

地中海から再び内陸に入った飛行機は、茶色の山地の上を長いこと飛んだ。たまに、山の中腹に建てられた教会みたいな建物が見える。細い曲がりくねった道が見える。そして、あの四角な水面は貯水池だろうか。そのうち、まるでチェス盤を真上から見下ろしたような、整然と配置された潅木地帯が現われ、それがいたる所に散らばっているのだ。

「あれ、何だろう」

「ああ、あれ、オリーブの木じゃない？　この地域一帯はオリーブ畑が広がっているの」

ミドリがぼくの座席の前に身を乗り出して、窓の下を見下ろしながら教えてくれた。形のいい耳に、今日買ったばかりだという金細工のピアスをしている。ぼくは今日の昼前、ピカソ美術館に行ったが、ミドリ親子とぼくの母はバルセロナの西南、モンジュイックの丘にあるスペイン村に行って土産物店を覗いて回ったらしい。母は、「ちょっと、やけになって買い過ぎたかしら……」と反省しながら、レースのショールとか、手織りの花瓶敷とか、父に上げるとか言って、ドン・キホーテとサンチョ・パンサが並んでいる象嵌細工のループタイとか、細々した物を取り出して見せた。母の心にもミドリとの別れが、微妙な影を落としているようで、いつもとは様子が違う。何かうら寂しい、切ない気持ち。これは、今度の旅が終わるまで続くと覚悟しなければならない。

スペインのことは徹底的に勉強してきたらしく、ミドリは細かい事まで説明してくれた。

「オリーブの収穫の時期は終わったわね。忙しい時期になると、出稼ぎの人たちも来て、木の下にシートを敷いて、枝を揺すったり棒で叩いたりして実を落とすんだって」

「ずいぶんと荒っぽいんだなあ」

「そうね。荒っぽいわねえ」

二月というこの季節には、いくらなんでも見られないが、一面のひまわり畑とか、アマポーラの花畑とか、サフラン畑があって、それは、その地帯にもっとも適した作物だと信じられていて、毎年植え込まれるのだそうだ。

「土地は広いのに、農民は貧しいらしいわ。この国には大地主制度がまだ残っていて、ごく少数の貴族がこの地域の経済を牛耳っているというわ」

向こうに雪をいただいた山々が見えてきた。シェラ・ネバダである。白い峰々がうす青い空に溶けて消えていくようで美しかった。

グラナダ空港は、まるで、広い畑の真ん中にぽつんとあるような感じだった。飛行機から下り、荷物が出てくるのを待っている間、頭だけが普通並みの大きさだが、小さな背丈の大人の男が元気な声を張り上げて、ぼくたちの間をひょこひょこと通り抜けては何かを売っている。友田さんの解説によれば宝くじ売りなんだそうだ。

「ね、いい声だろう。このまま、オペラの舞台に出てもおかしくないやね。ぼくは、ここへ来るたびに、あの声には感心させられるんだなあ」

バリトンの、確かにいい声だった。

それから、ぼくたちはバスに乗り、約十五キロほど走り、日が暮れかけたグラナダの街に入った。近代的な建物の間の路地から、丘の斜面に貼り付いたように建っている小さな石造りの家々が、まるで化石群のように見える。古賀さんから替わったガイドの鈴木さんが、

「あれは、アラブ人の居住区アルバイシン地区です」

と、言った。

ぼくは一瞬、古い墓地の中に迷い込んだような錯覚を覚えた。時間の裂け目から過去がまざまざと見える。ここから少し南へ行けば、ジブラルタル海峡の向こうは、もうアフリカだ。紀元前から始まったという、相次ぐ侵略。八世紀には北アフリカから入ってきたアラブ人とイスラム文化がスペイン全土を支配する。そして、キリスト教徒の壮絶な巻き返し。回教徒のグラナダ王国が滅びたのは一四九二年。その五百年記念の年にバルセロナで

オリンピックが開かれるらしいが、ぼくが見た感じでは、準備が進んでいるとはとても思われない。逆に観光客を目当てにヨーロッパ中から泥棒が集まってきているらしいし、物の値段が高くなっている。これは後で分かったことだが、泥棒に遭ったのは母だけではなかった。ホテルのセーフティーボックスの中から金を抜き取られた人がいて、これは、友田の小父さんが掛け合ってホテルに弁償してもらった。

その晩午後十時、友田さんの案内で、ぼくたちは全員そろって、「アントニオの家」という、家族だけでやっているレストランで食事をした。日本の感覚ではもう遅い時刻だが、スペインの晩餐は早くても午後八時頃から始まるそうだ。めいめいの注文を取って、料理が出来上がってくるまでの時間は予想したより速かったが、ぼくはもう空腹が極限まで達し、せっかくのビーフシチューが、最初は喉に入っていかなかった。また、量が多いのだ。デザートの「いちじくの蜂蜜煮」も、一人前が中皿に何個入っていたのか、口の中が甘さで蕩けてしまいそうになっても、まだ、たっぷり残っているといった具合だ。剝いた胡桃《くるみ》がごろごろと入っていた。ミドリのママとぼくのお袋は、「わたしたちだったら、この胡桃、細かく刻んで振りかけるわよね」などと言っている。

ぼくの真向かいにいた年取った女の人は、料理もあまり食べずに居眠りしていた。

「あれ、ママの先生だよ」

「先生って?」

「ああ、フラメンコの先生。あんなにしているけれど、日本でも五本の指に入るくらいの踊りの名手だったんだって」

ミドリの話で分かったのだが、一行の中には、フラメンコのダンサーあり、ギタリストあり、ギターを作る工場の経営者あり、画家ありで、友田氏の周囲には芸術家が多い。

「あれ、アルタミラ洞窟の絵の模写じゃない?」

ミドリに言われて天井の一角を見上げると、原始人が描いたという洞窟画そっくりの動物や人が何体か散らばっていた。弓に矢をつがえた男が一人だけ天井からはみ出して、側面の壁まで折れ曲がって描いてあった。この家の両親、息子、娘たちが協力して料理を作るように、あの絵も家族だけで描いたのかもしれなかった。

その晩、希望者だけサクラモンテ地区のジプシーの家にフラメンコを見にいった。ジプシー一家は踊った後、土産物のカスタネットを並べた。母は一つ買って、その夜、ずっといじり回していた。

グラナダというのは、「ざくろ」という意味だそうだ。そして、アルハンブラはアラビア語で、「赤い城」の意味。ぼくたちは朝食をすませて観光バスに乗った。そして、「裁きの門」の前で下車して約二時間歩いてアルハンブラ宮殿を見学した。

この間にぼくは新しい発見をした。それは、ぼくにとってあまり愉快なことでなかった。今、思えば、何故、突然、あんな気持ちになったのだろう。

前から薄々感じていたが、ミドリは若くて頼りないぼくなどより、矢田部さんに心を開いているようだった。彼は才能のある洋画家。ハンサムではないが、物腰は柔らかで、ぼくにもとても親切だった。しかし、ミドリは矢田部さんが好きなのじゃないか、ふと、そんな気がしたのだ。こういう場合、口惜しいが、年の差なんて問題でないらしい。彼が持っていてぼくにないもの。それは彼の方がぼくよりずっと早く生まれてきて、世の中を多く見ているということだ。この点から言えば全くフェアじゃない。それに、ミドリの母親と同級生ときている。二人は会う機会も多かったろう。しかしだ、そうか、ミドリにとって、彼は親戚の小父さんみたいなものなんだ。そう思う事で、ぼくは懸命に自分の波立つ心を鎮めようとした。死んだ友人の鎮魂のため、その両親の許で暮らしてみようと思い立ったミドリだ。今、色恋にうつつを抜かすほど気持ちに余裕があるとは思われない。どうか、ぼくの思い過ごしでありますように。ぼくは自分のプライドにかけてミドリの純粋さを信じようと自分に言い聞かせた。

まあ、ぼくたち三十人は、ガイドの鈴木さんと、もう一人、現地の男のガイドの案内で、最初、アルカサバといわれる要塞の跡から見物した。ここはアルハンブラ宮殿の中では最も古く、西暦八八〇年頃建てられたという。ぼくは、敵の捕虜を閉じ込めたという地下牢を鉄格子の蓋の隙間から覗き、その深さに驚いた。あれでは自力で絶対這い上がれない。上から餌を投げ与えられて一生飼い殺しだ。その側に兵隊や家来たちが寝泊りしたという住居跡があった。

それから、ベラ塔という物見の塔に上りグラナダの街を見下ろした。アルバイシン地区と、その背後の丘サクラモンテが見え、遠くの山並みまで飛行機雲が二股に分かれて延びていた。昔の人は、いくつもあったここの塔のことを「雲の上の守り神」と言ったそうだ。矢田部さんが、ミドリとぼくを並べてシャッターを切ってくれた。

それから、ぼくたちは十三世紀から十四世紀にかけて、二十一人の王たちが造り足していったという宮殿や、すばらしい庭園を見て歩いた。アラビアの建築は外観の素朴さとは逆に、内部の華麗なことといったら、ただもう吃驚するばかりだった。壁面には動植物が唐草模様や幾何学模様に考案された装飾……アラベスク……がびっしり施されている。イスラムの根本原理である「虚を捨てて、実を取れ。心は外見に勝る」という教えを忠実に守ってのことらしい。屋敷の内部というのは、つまり人の心の中を表しているということらしい。

心の鍵を開けて内部に入るという考え方からすれば、さっき通ってきたグラナダの門や裁きの門、そして宮殿内の窓という窓が、鍵穴の形に開けられているということも肯ける。ぼくは、アラビア人というのは全く神秘的だと感じ入った。彼らは瞑想を好む。苛酷な生活を強いられる砂漠の中で、夜は星を仰ぎ、自分たちの位置を知る。風の音を聞き、水の匂いをかぎ、オアシスを求めて移動する。アルハンブラの宮殿の中に思いがけないほど清々しい中庭を造り、いたる所に噴水を噴き上げさせる。これは、きっと水の豊富なこの地を得て、砂漠に暮らした遠い祖先たちの渇望の記憶に応えるためにオアシスを再現させたに違いない。

中庭といえば、ぼくたちの一行の一人が十二頭のライオンの彫刻に囲まれた見事な噴水を撮ろうとカメラを構えた時、尻が柱の一本に軽く触った。あちこちに立っているガードマンの一人がすかさず寄ってきて厳重に注意した。アルハンブラのメインである王宮は、一見石造りのように見えたが、そうではなかった。木を芯にして、いわばモルタル造りで漆喰《しっくい》を塗っているだけだ。もし、誰かが力まかせに叩きでもしたら、たちどころに崩れてしまうだろう。そういう建物が、こうもいい状態で保存されているのは、この地方の乾燥した空気と、建物の中にある池や噴水のお蔭で湿度がちょうどよく保たれているためだ……というのは、矢田部さんの説明。彼とミドリとぼくの三人は少し遅れて詳しく見て歩いた。

「この大量の水は、シェラ・ネバダから引いてきた雪解け水なんだよ」

途端に、ぼくは、さっき塔の上から見たばかりの、グラナダの街の背後に聳える白い峰々の姿をぼうっと思い出した。あの山脈と、そこから流れる川がアンダルシア地方を潤しているのだ。昨日、空港で、スキーを担いだヨーロッパ人の何人かに会った。そして、アフリカに近いこんな所でスキーが出来るとはと、大いに驚いたものだ。

「真くん、窓の高さが、低過ぎると思わないかい?」

「うん、そう言われればそうかな。どうしてですか?」

「どうしてだろうね」

矢田部さんとぼくの問答を聞きながら、ミドリはにやにやしている。彼女はここの事も調べたらしい。知っているなら勿体ぶらないで、早く教えろよと思った。

「アラビア人というのは、元来、遊牧民だろう。移動してあるくから、家具や重い荷物は持たないいんだ。床にクッションを置いて、座ったり寝たりする生活なんだ。すると、目の高さはどうなる？」

「なるほど、そうか」

「寝転ぶと、目は自然に天井にいくでしょう。だから、見て、あの天井の飾り。凝ってるわねえ。凄いわ」

ミドリが指さした天井には、五千何百個とかいわれる、氷柱《つらら》の形が垂れ下がっていた。

庭園には、桜に似たアーモンドの花が咲いていたし、木瓜《ぼけ》の花も真っ盛りだった。

糸杉と、大きな赤い花の木瓜の木と、オレンジの実がつやつやと光っているのをバックに、ぼくはミドリをカメラに収めた。きれいだなあと、あらためて思い、また胸が微かに痛んだ。

だが、次の瞬間、ぎゃふんときた。彼女が矢田部さんに向かってこう言ったのだ。

「アルハンブラに、猫はとても似合いますわねえ」

どうって事はない。さすがにガードマンがいっぱいいる王宮の中は別として、他の場所は居心地がいいのだろう。広い屋敷内は野良猫の天国だ。そう言えばいいものを、「似合いますわねえ」とは大げさだ。

それに、もう一つ癪に触ったのは、矢田部さんがアルハンブラについて語った事は、後で売店で買った本の中に全て書いてあったことだ。気付いたのは日本に帰ってからだったが……あの売店に日本語版があったのは意外だった。ミドリは英語版を買っていた。

その日の昼食はアルハンブラから出て、めいめい自由だった。ぼくたちは坂道にあるギターの店や土産物屋を覗いた後、小さなカフェ・バーで、お茶と楕円形のパンを割ったのに生ハムとチーズを挟んでもらって食べた。生ハムが旨かった。

その後、ぼくはミドリに勧められて、小さな店だったが、グラナダ名物の寄木細工のオルゴールを買った。女じゃあるまいし、オルゴールなんて要らなかったが、これは完全にミドリのペースに乗せられてしまったのだ。ミドリは、「正札通りの値段で買うなんて、いちばん馬鹿げた買い方よ」と言いながら、多分、自分で作って売っていたらしい老人にスペイン語を操り、掛け合って、吃驚するくらいの安い値段にさせてしまったので、ぼくも引き取らない訳にはいかなくなったのだ。

「さっき、なんと言ってまけさせたの?」

「聞きたい?」

「うん」

「このボーイフレンドが、わたしにプレゼントしたがっているんだけど、お金がないようだ。恥をかかせたくないので、まけてやってくれって。まあ、そんな事ね」

「ふうん、じゃあ、これ、ほんとにきみに上げよう」

「いらないわ。記念に日本に持って帰りなさい。あなたのパパに上げてもいいじゃない。タイピンとか、カフスボタンなんか入れておくのよ」

曲は、「グラナダ」。時々、ギターなんかで聞く名曲だ。ただし、外側の寄木細工が見事な割には、音があまりよくない。終わる時は突如としてぷっつりと切れる。ちょうど、バルセロナで泊まったホテルのエレベーターが止まる時みたいに。エレベーターに乗るたびに、ガタンと揺れて動き出し、ガタンと揺れて止まるので、決まって女たちがキャッと悲鳴を上げ、そして笑い出すのだった。シャワーの水の出方もそうで、母が最初シャンプーした時吃驚したそうだ。そうっと穏やかになどというのは、どだい無理。機械が最初からそのようには作られていないらしい。

午後二時三十分、駅前集合。一行はバスに揺られて約一時間、本当はグラナダから乗るはずだった特急列車ラルゴに乗るため北の駅へ移動した。線路の修理が遅れたためだった。日に乾いた道が延々と続き、対向車などはほとんどない。道の両側の緩い起伏の斜面には、ほとんどオリーブが植えられていた。そのはるか向こうに、雪を被った山脈が見える。

たまに、まだ何も植えられていない茶色の畑があったりするが、きれいに耕されて、管理小屋か住居か分からないが、丘の上に白い小さな家がぽつんと建っていたりする。その他は、またオリーブ畑がどこまでも続く。

ひときわ高い丘の上に石造りの廃墟のようなものが見えてきた。明らかに民家ではない。戦いのための砦らしい。やがて、バスが近付くと、その麓には更に丘があり、白い壁と赤茶色の屋根の家が十数戸くっ付き合うようにして集落があった。一番高い建物はカソリックの教会らしい。こんな小さな村にも教会があるのだ。その村を見下ろすようにして、高い崖の上にアラブ時代の廃墟が化石のように、異質な感じで残っていた。こんな、のどかな農村地帯にも時間の亀裂が見付かるとは、全くスペインとはどういう国なのだろう。あの砦は何百年、いや、千年以上も前のものかもしれなかった。この地中海に面した国土には、ギリシャやローマ時代の遺跡、例えば、水道橋や円形劇場の跡も残っているという。

多重な歴史や文化が、この国が放つ独特の香りと色彩を作っている。

その後の汽車の旅は実に愉快だった。ぼくたち一行は同じ車にまとまった。座席は二つずつ、全部、進行方向を向いている。ぼくの前には百合子小母さんと、ぼくの母が並び、ぼくの隣りはミドリだった。矢田部さんはグラナダを出る時すでに消えていた。彼はスケッチをするため、時々消えてしまうのだ。列車に乗り込んだ時、窓際の席をミドリに譲ろうとしたら、彼女は、「どうぞ。わたしは本を読んでいくからいいわ」と言った。

夕方の光の中に、オリーブ畑がしばらく続いた。この車は禁煙車にもかかわらず、前の席でミドリのママがうっかり煙草に火を付け、すかさず娘に叱られた。

「ママ、わたしが今度帰っていくまで、絶対に煙草止めててね」

「いつ、帰ってくる?」

「そりゃ、まだ分からないわ。でも、ママが死んじゃったら、私、帰る意味がなくなるわ。だから、煙草止めて。そして長生きして」

ミドリが読んでいた本は、日本を発つ前に買ってきたという「スペイン民話集」という本だった。

「おもしろい?」

「まあね。怖い話もけっこう多いわ。でも、民話って残酷な事もさらりと言ってのけるでしょう。だけどさ、スペインの民衆ってシニカルね。本来ならば善人であるはずの神父さんや聖職者が平気で人を騙したり、悪魔の誘惑に負けたり、女の人を追いかけ回したり、そんな話ざらなのよ」

「ふうん」

「スペインで、いちばん尊敬されている女性は誰だか知ってる?」

「誰?」

「マリア様、聖母マリア様よ」

ぼくたちの前方の上にテレビがあった。映像が映り出したが音なしだった。偶然だと思うが、日本の鳥のいろいろな種類とか生態を紹介したものだった。次は、「猿の惑星」シリーズの何作目かだ。ぼくは、景色を見るのにも少々飽きたので、その、チャールトン・ヘストン主演の、音声なしの画面を見るともなしに見ていた。

友田さんがドアを開けて出ていき、ステップの近くに置いてあるぼくたちの荷物の安全を確認したり、一服したりしている。時々、客室とステップとの境にある扉に嵌っている四角いガラスからこちらを覗いてにっこりしてみせるのだ。彼は丸顔で、目が大きく、極めて愛嬌がある。ただ、実際の年より髪の毛が後退してしまっている。そんな顔がガラス越しにちょくちょく覗くものだから、とうとう、ぼくたちはあっちでもこっちでも、げらげら笑い出してしまった。テレビの映画も間が悪かった。なにしろ「猿の惑星」だ。現実の友田の小父さんの顔と、テレビの中の猿たちの顔とがダブって、ミドリなんか膝の上の本が滑り落ちたのも構わず笑い転げている。友田の小父さんは、自分が笑われている理由が分からないまま、ますますにこにこするので、ぼくたちの車の中は、もう笑いの渦でいっぱいになってしまった。

その上、もう一つおもしろい事があった。

ある駅から、とびきりのスペイン美人が乗り、ぼくたちの車に入ってきた。よほど座りたかったらしく、一つ空席になっていた、植木さんの隣りに腰掛けていいかと、ジェスチャーで聞いた。誰かが、「プリーズ」と言った。しばらくして、植木さんはこの女性と話してみたくなったらしい。「あなたは、何処まで行くのですか?」と聞いてほしいと言う。彼は革製品を扱っている店の主人で、善良そうな感じの人だった。周りの者は、ガイドブックの後ろに載っている「簡単なスペイン語」などというのを参考にして教えようとした。友田の小父さんが、見るに見かねて通訳をかってでた。そのうち植木さんは、その女性が独身か、そうでないのか聞いてみてくれと言い出した。友田さんはさすがに渋っていた。そして、間もなく停車した駅で彼女は降りていった。ホームで待っていた男はこれまた、背の高い、映画の中から飛び出したような美男子で、二人は熱烈に抱き合っている。それを見た時の植木さんの顔といったら、悪かったけれど、みんないっせいに笑った。

誰かが言った。

「でも、あの女の人、勇敢じゃない？　東洋人ばかりの車にたった一人で入ってきたのよ」

母と百合子さんは何か頷き合っている。

ミドリが小声で呟いた。

「あの人、自分のために座りたかったんじゃないと思う。お腹に赤ちゃんがいるのよ、きっと」

女性というのは、そうなのか……ぼくは、あらためて感心した。


約六時間半かかって、イベリア半島のほぼ中央に位置するマドリッドに到着した。ぼくたちはそこに三晩泊まった。人の多い大都会だった。フラメンコも見たし、サルスエラ（スペイン独特の台詞も入っているオペラ）も見た。サッカーの試合に行くなら、古い都トレドの街には行けないよと言われて迷ったが、ぼくはトレド行きを選んだ。

トレドは一五六一年に首都がマドリッドに遷される前まで栄えた典型的な中世の都市で、Uの字に迂回して流れるタホ川に囲まれた、海抜五三〇メートルの岩山に築かれている。

城壁で囲まれた旧市街には、狭い石畳の道が迷路のように張りめぐらされているが、坂を下り、ふと振り返ると、大寺院の鐘楼（高さ九〇メートル）がどこからでも見えるのだ。ぼくは、エル・グレコの大作「オルガス伯の埋葬」に感動した。ギリシャ人でありながら、トレドの魂と言われる彼の絵は神秘的で、一度見たら忘れられない何かを感じる。ピカソの「ゲルニカ」にも感動したが、あそこは警戒が厳重だった。とにかく、この僅か数日間で、ぼくは、人類の宝物というべき美術品や、建築物をこのスペインという国で次から次へと見ることが出来たのだ。勿論、プラド美術館にも行って、十七世紀初頭に近代絵画の礎を築いたと言われるベラスケスの数々の名作を見てきた。

しかし、光があれば影もある。治安が万全でないから独りでは立ち入らないようにと厳しく言われた地域もあった。百合子小母さんの先生だという、あのお婆さんが財布を強奪されたり、「太陽の門」が建つ中心広場に、昼間から一目で分かる街の女が立っていたり、大学卒でも若者が就職できず、四人に一人は失業中と聞いて驚いたりした。そんな中を大勢の日本人の観光客が土産物をいっぱい抱え、申し合わせたように同じような高級店の袋を持ってぞろぞろ連れ立って歩く姿は、ぼくにさえ異様に見えた。これでいいのだろうか。

何かに浮かれた日本人は、地球上どこへ行っても、たとえ自分の国の中にいても、鈍感になり過ぎて、他人の痛みには気付かないまま一生を過ごすのではなかろうか。

ぼくたちが日本に帰る日、マドリッドは朝から雨が降っていた。初めてバルセロナに着いた日にも確か雨が降っていた。

昨夜、ぼくはミドリに思い切って、今度日本に帰ってきたらあらためて会いたいと言った。それ以上は何も言えなかった。何故なら、黙って聞いていたミドリがぼくのこめかみに軽くキスしてくれたからだ。そして、きらきらした目で言った。

「わたし、もう大丈夫だから心配しないでね。しばらく自分を試してみたいの。真くんの事は絶対忘れないよ。黙って、ずっと励ましてくれてたの知ってたよ……ありがとう」

サマランカに向かう彼女を矢田部さんが送る手筈になっていて、とにかく、みんな一緒にホテルを出た。マドリッドからサマランカまでは列車で三時間半かかるそうだ。

朝の九時二十分発の予定だったぼくたちの飛行機は大幅に遅れて十二時半にマドリッド空港を離陸した。空港の待合室で百合子小母さんがぼくの母を相手に話していた。

「この頃昔の事ばかり思い出すのよ。ミドリが生まれた頃の事とか、あの子の父親が病気で亡くなって途方に暮れた時の事とか、あの子をおんぶして仕事の面接に行った事とか……」

「今のご主人、ミドリちゃんを可愛がってくれてるんでしょ?」

「そりゃもう。可愛がり過ぎて、かえって娘に煩《うるさ》がられるのよ。今一番寂しがっているのは、きっと彼だと思うわ」

百合子小母さんの口元は笑っていたが、目は涙に濡れていた。


その後、しばらくの間ぼくの机の上では腕時計が二つ動いていた。一つは日本時間、もう一つはスペイン時間のままだった。八時間の差があった。朝、ぼくが学校へ行く頃、ミドリはまだ多分夢の中だ、そんな風に想像してぼくは愉快だった。電池の寿命がある限り、この二つの時計をそのままにしておくつもりだった。

ところで、ぼくが、一生の中《うち》で本当に打ちひしがれたのはミドリに死なれた時だ。四年後に帰国して、やがて彼女はぼくの妻になった。間もなく、娘の翠《みどり》が生まれた。そして、妻のあの病気。心臓病。突然の死……だが、日に日に成長していく娘の姿に、ぼくは親から子へと受け継がれていく生命の神秘と永続性を、神からの啓示として受け取った。

そして、今日、バルセロナの空にガウディ作のあの聖家族教会の、ワインの瓶を長く引き伸ばしたような恐るべき塔が何本も建っている様子がテレビで流れた。その後の建築技術の驚くべき進歩のお蔭で、二百年はかかると言われていた教会の完成もごく間近だそうだ。

ぼくが、あの聖家族教会の未完成の建物の内部を初めて見た時、まるで内臓の一部をわし摑みにされたように「うっ！」となったのは、複雑で気味の悪い人間の内面をあからさまに見せ付けられたような気がしたからだ。あの頃のぼくは、まだ青臭くて鼻持ちならなかった。しかし、今は違う。あの何んとも言えない混沌とした、強力なエネルギーは、人間の苦悶と、それでも生きようとする強固な意志の表れだ。そう考えると、街のあちこちにあったガウディの、野生に満ちた強烈な作品のすべてが温かくて、懐かしい。

ある人が言った。「サグラダ・ファミリア（聖家族教会）は、迷い、葛藤する者のためにあるのだ」と。

時々、アラビアの女のように顔半分をベールに包んだミドリが、たった一人、日盛りの道をどこまでも歩いて行く姿を想像する。彼女の輝く目はもう悲しみなど見ていない。はるかな未来を真っ直ぐ見つめている。彼女の魂は永遠にアセンション（次元上昇）し続けるだろう。ぼくは安堵し、その雄々しさと精神の高さに、ぼくも負けてはいられないと気持ちを引き締めるのだ。

ガウディは一九二六年に没したが、聖家族教会《サグラダ・ファミリア》は多くの困難を乗り越え、人類の叡智を結集して徐々に出来上がっていく。古代からの歴史と、多くの異なった文化と、そして現代社会が渾然と一体化している、かのスペインの地にこそふさわしい教会かもしれない。天と地の間に、毅然として立つ人間の姿そのものを象徴するかのように屹立する塔の群れ。その先端の天空に向かって、癒しと、友愛と、そして限りなく希望に満ちた鐘の音を打ち鳴らすのは神ではない。ぼくたち、そう、人類自身なのだ。

せと　たづ

1934年函館に生まれる。
1983年「井上光晴文学伝習所」に参加。
山形文学伝習所「北へ」同人。
著書『風が行く場所』（影書房・2000年）
仙台市泉区在住。

聖家族教会《サグラダ・ファミリア》

二〇〇八年二月二〇日　初版第一刷

著　者　せと　たづ
発行所　株式会社　影書房
発行者　松本昌次

〒114-0015　東京都北区中里三—四—五
ヒルサイドハウス一〇一号
電　話　〇三（五九〇七）六七五五
FAX　〇三（五九〇七）六七五六
E-mail：kageshobou@md.neweb.ne.jp
http://www.kageshobo.co.jp/
〒振替　〇〇一七〇—四—八五〇七八

本文印刷＝スキルプリネット
装本印刷＝形成社
製本＝美行製本

定価　一、八〇〇円＋税

ISBN978-4-87714-381-7 C0093